JN162095

I am God child

神から教えられたこの世の真実

霧島 香

東京図書出版

死は終わりではない、達成だ
信仰とは願うことではない
誠の信仰とは何事があっても乗り越えて行けると信じる心である
がたがた言わずに歩けば良い、そう神は言っている
神の意志を伝えるために私は生まれた
貴方にも伝われば幸いである

目次

第一章　無邪気

転落のはじまり

昭和四十六年、私は京都市の南部、伏見区で生まれた。ただ、この地で暮らした記憶はない。物心がつく頃には、京都市の北に位置する亀岡という町で暮らしていた。家は一軒家。父と母と兄、そして祖父母が一緒だった。隣家には、父の妹家族が住んでいた。家族、親戚らとともに、にぎやかな生活を送っていたことが思い出される。

父は、スーパーの経営者として成功を収めていた。今でこそ、スーパーは全国の至る所にある。しかし、昭和四十年代当時、人口の少ない田舎に建つスーパーは少なかった。そんな中、父は市街地から離れた場所に大きなスーパーを建てた。そこで成功した父は、かなり先見の明があったといえよう。

一方の母は、父の支援を得て伏見で美容院を経営していた。父母が共に働き、家はかなり裕福だった。そんな恵まれた環境の中で、私は何不自由なく暮らすことができた。しかし、その記憶はわずかしか残っていない。私が四歳になった頃には、既に一家の前途に暗雲が立ち込めていたのだ。

ある日、父は洗面器いっぱいの血を吐いた。すぐに救急車で病院に運ばれたが、症状は重く瀕死の状態だった。病名は肝硬変。一時は命が危ぶまれたが、素晴らしい腕を持つ医師に手術をしてもらい、何とか一命を取り留めることができた。ただ、それから間もなくして、父の命を救った医師の訃報に接することとなる。父は、以後ずっと「あの先生が命を救ってくれたんだ」と常々感謝の思いを口にしていた。

父の容体が落ち着いて家族が安堵する中、突如として次の厄災が訪れた。祖父がパチンコから帰る途中、交通事故で死んでしまったのである。大好きだった祖父が突然いなくなるという事実を、当時の私は理解できていなかった。死とは何か。私はその言葉の意味が分からなかった。祖父の葬式の際、祭壇の横に立てられた灯篭を見て「きれいだな」と思った記憶だけが鮮明に残っている。私はそれを見たことを近所の小母さんに自慢していたそうだ。

祖父が亡くなってからしばらくして、父が突然「引っ越しする」と言った。

「なんで引っ越すの？」

私はすぐに状況をのみ込めなかった。私はまだ自分が裕福な家庭にいると思い込んでいたが、既にそれは幻と化していた。父が経営していたスーパーも、母の美容院も、家もすべて借金のかたに取られてしまっていたのだ。

私は引っ越す際、隣に住んでいた叔母に手紙を渡した。「人生とは辛いですね……」と、いかにも悟ったようなことを書いたのをうっすらと覚えている。私たち家族は、京都市の山科区大宅という所にマンションを借りて暮らすことになった。

逃げるように移り住んだ山科での生活は苦しかった。電気やガスは頻繁に止められる。切羽詰まった私たちは、しばしば叔母に借金をした。しかし、お金を貸してもらおうと公衆電話から電話しようにも、そのお金がない。家族全員で家中の物をひっくり返し、十円玉を探した。ようやく見つけた十円玉で叔母に連絡し、お金を借りて何とか食いつなぐ日が続いた。もちろん父は働いていた、と思う。当時、父が毎日何の仕事をしているのかは分からなかった。実は、今でも父が何をしていたのか知らない。

繰り返される悲劇

母の実家は、大阪府の河内（現東大阪市）にある。母は四人兄弟の二人目で、下に弟と妹がいる。上にいた兄は、私が五歳くらいのときに亡くなった。その伯父の記憶はほとんど残っていない。

私は母の妹にとても懐いていた。ある日その叔母が家へ遊びに来た。私はうれしくて、叔母が滞在する二、三日間、「おばちゃん、おばちゃん」と、ずっとくっついて離れなかった。叔母が帰るとき、私は叔母のコートのポケットに、こっそりと小さな手紙を入れた。手紙の内容は全く覚えていない。叔母とまた会えることを楽しみにしていたことだけは記憶している。しかし、その願いは叶わなかった。

叔母が帰ってから二カ月後、私たち家族は、深夜に鳴る電話の音で起こされた。叔母が亡くなったという知らせだった。ガスで自殺を図ったらしい。私は、また大好きな人を失ってしまった。

それから一年くらい経った頃、右京区にある花園という所の団地へ引っ越すことになった。またしても父の事情だった。仲の良かった友達とも離れねばならない。寂しかったが、新しい場所でまた友達をつくればいい、と気持ちを切り替えた。引っ越した先では、すぐに遊ぶ友達ができた。でも、あまり楽しくはなかった。そんな中で、同じ団地に住む一つ上のさと子ちゃんとだけは親しく遊ぶようになった。二人ともアニメソングが大好き。趣味が合ったようだ。

新しい町に住み、新しい友達ができ、これから平穏な日々が訪れるような気がした。しかし、それが幻想に過ぎないことが分かるまでに、それほど時間はかからなかった。毎日のようにやってくる来訪者が、私を一気に現実に引き戻した。借金取りだ。朝早くにも、夜遅くにも、彼らはひっきりなしにやってきた。彼らが来るたびに、一家がいかに苦しい状況にあるかを実感させられた。電話も鳴り続けた。電話口で母が「もう少し待ってほしい」と言っていたことを、今もよく覚えている。

そんなある日、母は骨董品屋でティーカップのセットを買ってきた。店で目にし、気に入ったらしい。ところが、私はなぜか直感的にそのティーカップに強い嫌悪感を覚えた。

「何か嫌な感じがするから返してきて」

母にそう言ったが、母は「大丈夫だ」と言って、取り合ってくれなかった。それから一カ月ほど経ったある日の朝方、私は急に気分が悪くなり嘔吐した。熱があったため、母に病院へ連れて行ってもらった。学校を休み、二、三日経った頃には体調も良くなっていた。体は問題ない。でも、なぜか学校を休みたいと思い、そのまま数日、家でゴロゴロして過ごした。

一週間ほどして、「今日からは学校に行こう」と思い、母に「今日から頑張って学校に行くわ」と言うと、母はなぜか「今日も休んでな」と言った。なぜ母はそんなことを言うのだろうか。その意図が分からなかった。

「もう治ったから、学校へ行った方がいいやろ」

私はそう言って、学校へ行く準備をした。そして、少し渋る母に「行ってきます」と言い、久しぶりの学校へと出掛けて行った。体調は良い。学校へ行きたくなかった昨日までの自分が嘘のように思えた。一時間目、二時間目と授業が進み、三時間目が終わった頃、担任の先生が慌てて私の所へやってきた。

「なんだろう」と怪訝な表情を浮かべた私に、先生は用件を伝えた。どうやら亀岡に住む父の妹が私を迎えに来たらしい。「でも、なんで急に」という質問をする間もなく、先生は「すぐ帰る用意をするように」と言った。私は急いで荷物を鞄に入れ、叔母とともに学校を出た。

叔母は急いでいる。車が走り始めると、叔母が私に言った。

「お母さんが団地のベランダから飛び降りて、大変な事になった……。今から病院へ行くよ」

私はただ驚くばかりだった。私たちが住んでいたのは、団地十三棟の五階である。母はそのベランダから飛び降りたのだ。

家族や親友との別れ

母は両脚を複雑骨折しただけでなく、背骨を強く打ち、脊髄を損傷していた。地面には芝生が生えていたため、幸い命は助かった。だが、それから母は歩けなくなってしまった。下半身が麻痺しているのである。母がベランダから飛び降りたことは、瞬く間に近所の噂となった。祖母は、私に噂を聞かせたくないと、しばらく学校を休ませた。

その後、私は毎日学校から帰ると、すぐに母の入院している病院へと通った。二時間ほど母のそばで過ごし、家に帰ると宿題を済ませた。

「香ちゃんのお母さん、ベランダから飛び降りはったんやろう？」

外に出ると、友達のお母さんなどから、母の行動について訊かれることもあった。決していい気分ではない。それでも私は、特に気にすることもなく冷静に応じていた。

学校と病院へ通う生活をしながら二年ほど経ったある日、学校から帰った私に祖母が言った。

「お父さん、借金が返せなくなったから、夜逃げすることになった」

兄は既に義務教育を終えていたが、私はまだ小学校五年生だった。そこから足が付くかもしれない。私は一人、亀岡の叔母の家に預けられることになった。

「すぐに亀岡へ行く用意をしなさい」

祖母にそう言われたが、私は腕で顔を隠しながら、寝たふりをした。祖母が「泣いてるんか？」と聞くので、「泣くわけないやろう！」と強がったのを覚えている。

その夜、兄は私に「俺らもう会えんくなるんか？」と尋ねてきた。もちろん、私にもその答えは分からなかった。当時、週に一度放送されていた、生き別れになった兄弟や家族を捜してくれるというテレビ番組があった。

「俺はいつかあの番組に頼んで、必ずお前の事を捜すからな！」

兄はそう言った。もう会えなくなるかもしれないと、兄も私も感じていた。「でも、絶対にまた会おう」と、二人で強く約束した。

団地に来て一番親しくなった友達、さと子ちゃんとだけは会っておきたかった。私は、自分の部屋にあったアニメソングのレコードすべてを、急いでかき集めた。アニメソングは私とさと子ちゃんの共通の趣味であり、二人が仲良くなったきっかけでもある。これを持って、さと子ちゃんの家を訪ねた。さと子ちゃんが出てくると、私はただ「このレコードをあげる」とだけ言って手渡した。さと子ちゃんは心配そうな表情を浮かべ、「どこかに行ってしまうの？」と訊いてきたが、事情を説明できるわけがなかった。これがさと子ちゃんとの最後の対面となった。

その夜遅く、私は叔父の車に乗せられ、亀岡の叔母の家へと向かった。道中、雨に光る夜景がとてもきれいだった。亀岡に着いて家の中に入ったが、叔母の姿が見当たらない。お風呂に入って泣いていたのだ。叔父は、私の荷物を運んでくれていた。叔母のわんわんと泣く声を聞いていると、「私がここにいて本当にいいのだろうか」と不安になってきた。でも他に行く場所はない。どうしていいのか分からなかった。

「きっとここにも借金取りが来るだろう」

その思いは皆が一致していた。次の日、私は叔母の友人の家に行くことになった。落ち着くまで、そこで隠れていた方がいいだろうとの判断だった。叔母の友人の家に着くと、叔母は私のことをとても心配し、不安そうな表情を浮かべていた。私は、なんだか自分がとても悪いことをしているような思いにさいなまれた。もうどこにも自分の居場所はないと思った。

家族との再会

幸いにも、亀岡の家には一度も借金取りは来なかった。しばらくして、私は叔母の娘である従姉のたかよちゃんと同じ小学校へ行くことになった。ただ、たかよちゃんは間もなく卒業し、中学校へ通うことになる。私は一人で小学校へ行くようになった。幸いその学校では、たった一人だが仲の良い友人を得ることができた。でも、学校にはなかなかなじめずにいた。

叔母はとても厳しい人だったが、私の悩みには親身になって耳を傾けてくれた。叔父は口数の少ない人だったが、穏やかでいい人だった。従姉のたかよちゃん、従兄のいっくんも、皆、自然に接してくれた。そんな叔母家族に支えられながら、私の小学校生活は続く。

三カ月ほど経ったある日、突如叔母が「鳥取に行くよ」と言った。どうやら父たちは鳥取にいるらしい。

「兄に会える！」

私はとにかくうれしかった。高まる気持ちを抱えたまま、私は叔母たちと鳥取へ向かった。鳥取に着くと、ヨレヨレの洋服を着た白髪の老人が出迎えてくれた。祖母だった。いつも着物できれいに着飾り、髪は黒く染めていたかつての面影はない。私は、祖母がいかに大変な苦労をしてきたのか、その姿を見て悟った。祖母に続いて兄が顔を見せた。兄は以前と変わらない優しい眼差しで、私ににっこりとほほ笑んでくれた。とにかくうれしかった。

「家族に会えた！」

私は心の中で大声で叫んだ。大好きだった家族と過ごす時間は、あっという間に過ぎ去っていく。兄ともっと一緒に時間を過ごしたいと思ったが、その願いは叶わない。私たちは、その日の夜には亀岡に帰った。「せめてあと一日だけでも」と叔母たちに訴えたかったが、私はわがままをグッと抑えた。

家族への思いを胸の奥にしまいながら、亀岡での生活が続いた。私は毎日、ただ何となく学校へ行っていた。

辛い中学校生活

やがて小学校を卒業し、中学校へ通うようになる。小学校のときとは違い、中学校ではすぐに多くの友人を得ることができた。たくさんの友達とともに、楽しい中学校生活を送ることができると、未来への希望が湧いてきた。だがそんな希望を抱くことができたのは、ほんのわずかな間だけだった。

ある日、私は当時一番仲の良かった友人のみおちゃんに声を掛けられた。

「別のクラスの男の子に手紙を渡すから、ついてきて」

どうやらみおちゃんはその男の子が好きらしい。私は彼女に連れられ、その男の子のところへ行った。しかし、みおちゃんは急に恥ずかしくなったのか、なかなか手紙を差し出すことができない。そんな彼女を横目に、私はつい調子に乗って言葉を発してしまった。

「みおちゃん、村川君のこと好きやねんて～」

周りには他の生徒もいる。多感な年頃の女の子にとって、その言葉は酷だった。しかし、私は自分の発言がいかに彼女を傷つけたのか全く理解していなかった。私は元々、デリカシーに欠けるところがあったらしい。その後、どんな展開になったかはよく覚えていない。

次の日、私はいつもと同じように学校へ行った。最初に出会った一人の友人に「おはよう」と声を掛けた。ところが、その友人はサッと顔を背けた。そして、何も言わずに去って行った。

「何かあったのかな？」

私は彼女の行動を不審に思いながら、もう一人の友人に声を掛けた。だが、返事は返ってこない。私は、自分の周りで大きな変化が起きていることを悟った。

その日から私は、クラスの女子全員から無視されるようになった。だが、なぜ自分が無視されるのか、全く分からなかった。どうしていいか分からなかった。そんな中で、私はハッと気付いた。

「もしかすると、あの時、みおちゃんの気持ちを考えず、おもしろ半分にはやし立てたことが原因かもしれない……」

十日ほど経って、私は、思い切ってみおちゃんに手紙を書いた。「許してほしい」との内容である。

「みおちゃんなら、謝ればきっと許してくれる」

だが、そんな淡い期待は、無残にも打ち砕かれた。次の日学校へ行くと、下駄箱の上履きの中に、ビリビリに破られた手紙が入っていたのだ。それだけではなかった。「死ね」、「最低」など、さまざまな罵詈雑言の書かれた紙が一緒に置いてあった。

「もう終わりだ……」

強い絶望感が私を襲った。その夜、私は動揺を抑えられず、泣きじゃくりながら叔母にすべてを話した。叔母は、優しく私の話に耳を傾けてくれた。そして、すぐに担任の先生に電話をした。「何とかしなければいけない」という、叔母の強い意志が伝わってきた。

次の日、担任の先生は私のために話し合いの時間を設けてくれた。一時間かけて、クラス全員で話をした。最後には、みおちゃんたちが泣きながら私に謝りに来た。

これでもう無視されることはない。また皆と仲良く話ができる。期待に胸が膨らんだ。だが、そう上手くはいかないと気付くまでに、それほど時間はかからなかった。結果は、手紙を書いたときと同じ。その後も事態は全く変わらなかった。友人たちの無視は続く。

一番辛かったのは、体育の授業などで、パートナーを組まねばならないときだった。皆に避けられていた私は、いつも一人取り残された。自分の置かれた状況が目に見えて分かるのは非常に辛い。元々プライドの高かった私は、孤独な立場にある自分自身を受け入れることができなかった。

だが、神は私を完全に見捨ててはいなかった。たった一人だけ、おとなしく真面目な友人を残してくれたのだ。彼女だけは私を無視することなく、普通に接してくれた。彼女のおかげで、私は完全に一人ぼっちにはならなかった。やがて学年が上がり、クラス替えを迎えた。

二年生になっても、一年生のときのクラスメイトに出会うと睨まれることはあった。彼女たちの態度は相変わらずだった。だが、新しいクラスではそれなりに友人もできた。もう全員から無視されるようなことはない。その後は比較的平穏な学校生活を送ることができ、無事に中学を卒業した。中学校での三年間は、私にとってとても長い時間に感じられた。

進路選択と人生の転機

高校に入った頃、私はかなりの人間不信に陥っていた。中学校のときの体験がトラウマになっていたのかもしれない。それでも、多くの友人を得て、平穏な生活を送ってきた。そして二年生になったとき、ある友人に誘われて教会へ行くことになった。その友人の父親がクリスチャンだったのだ。私が教会に足を踏み入れたのはこれが初めてである。私は、無性に教会に惹かれた。なぜかは分からない。それから、何度も友人と教会に通った。ただ、しばらくすると行かなくなってしまった。

私は、怠惰な高校生活を送っていた。授業は全く聞かない。家で勉強もしない。ただ義務を果たすかのように学校へ行っていた。ただ、留年だけは避けたかった。テストの前日は徹夜で教科書の内容を暗記した。その甲斐もあって、三年間留年することはなかった。

当時、兄たちは愛知県に住んでいた。その頃には、普通の暮らしができるようになっていた。私は、高校が長期休暇に入ると、すぐに兄たちの所へ行き、休みが終わる前日に亀岡へ戻っていた。愛知の実家から、学校へ通うために京都に住んでいるという感覚だったかもしれない。

兄は、私にとって「父」であり、「母」であり、そして「親友」であった。兄のそばにいるときは、不思議と嫌なことを忘れられる。一緒にいるだけで楽しかった。高校を卒業すれば、兄たちと暮らすこともできた。だが、私はその選択をしなかった。自分のこれからの人生を見据え、ある決断をしたからだ。私は、京都市南区にある病院で見習いとして働き、そこの寮に住むことにした。

高校を卒業するに際して、私は看護学校への入学を考えた。だが、当時の私は遊びに夢中で全く勉強をしない日々を送っていた。入学試験の結果は、言うまでもなく不合格。その後も、結果に懲りることなく、同じ試験に落ちたもう一人の友人と夜遊びを続けていた。私はこのとき、生まれて初めて自由になれた気がした。

当時の私は看護師を目指していた。しかし、その目的はただ「看護師」という肩書を得ること。看護師として働くことに対して、特に夢や希望を抱いていたわけではなかった。そんな中途半端な気持ちでは、看護学校に入るための勉強にも身が入らない。病院で働きながら、ただ自由を謳歌していた。しかし、そんな自由な生活もわずか一年で終わった。

寮に入って半年ほど経った頃、私は、しんちゃんと出会った。しんちゃんとは、すなわち今の主人。彼は無口な男性で、おもしろみはなかったが、とても温厚で真面目だった。彼には気を許すことができた。私はしんちゃんに次第に惹かれていった。恋をしたと言うよりも、その人柄に強い信頼感を抱くようになった、と言った方が正しいかもしれない。半年ほど過ぎて、私たちは結婚の約束を交わした。そして、互いの親に話をし、婚姻届を出すに至る。いわゆる「スピード結婚」だ。私は看護学校に入ることを諦めた。病院も辞めた。その後、結婚式まで、兄たちの住む愛知県で過ごすことになった。

「香はすぐ離婚して帰ってくるわ!」

友人たちは皆、口を揃えてそう言った。でも、私は妙に自信があった。これから二人は、きっと永く結婚生活を送ることができると。私は、しんちゃんと結婚することに何のためらいもなかったし、恐れもなかった。兄は、私が嫁に行くことを寂しがっていたが、私は「これでいい」と思った。私は元々、慎重なタイプではなかった。その先の人生に何が待ち受けているのか、当時の私は知る由もない。

祖母の死と娘の誕生

結婚式を終えてすぐ、祖母が他界した。胃癌だった。私は祖母に何も恩返しできなかったことを、心から悔やんだ。

祖母が亡くなって半年ほど経ったある夜、不思議な夢を見た。私の頬に、なぜかピーナッツがたくさん埋め込まれていたのだ。私は「どうしたらいいの？」と悩むばかり。ただそれだけの内容だが、なぜかいつまでも頭から離れることがなかった。それから一週間後、妊娠が発覚した。初めての妊娠。とてもうれしかった。

「新しく生まれてくる子のためにも、頑張らなければ」

そんな思いもあったが、私たち夫婦はその頃、休みのたびに、パチンコへ行くようになっていた。貯金は全くない。生活資金に困り、貸金業者から借金をしたこともある。

結婚してからしばらくはアパートに住んでいた。生活は苦しい。そんなとき、夫の両親から

「家を建て替えたから帰って来ないか」と言われた。私は夫の親と同居することにはかなり抵抗を感じた。だが、生まれてくる子のことを考えると、そうも言ってはいられなかった。背に腹はかえられない。

夫の両親との生活が始まった。その頃、お腹の子は六カ月になっていた。家は大きくて新しかったが、私たちが暮らす場所は、二階の十二畳の部屋一つ。一階にはいつも姑がいる。私はほとんど一階に下りることはなかった。一日の大半を二階の自分たちの部屋で過ごした。夫が仕事を終え帰ってくると、ようやく姑の作ってくれた夕食を食べるために一階に下りる。そんな生活が続いた。

当時、その家には夫の弟も同居していた。その友人が毎晩のように訪れ、一階を占領している。そんな事情もあり、私は夜もほとんど二階から下りることはなかった。私は、人付き合いがあまり得意ではない。見知らぬ人たちと関わることが苦痛だった。

「ほとんど二階にこもっている私のことを、皆は悪く思っているに違いない」

そんなことを考えると、ますます一階に下りられない。そんな悪循環を繰り返していた。勝手な思い込み、ただの被害妄想のせいで、私は周りの人たちに心を許すことができなくなっていた。長女を出産した後も気持ちは変わらない。そんな状態は三年ほど続いた。

長女とともに家にこもる日々。家には姑もいる。姑にとって、私の娘はかわいい孫だ。毎日のように構ってくる。私はそんな姑が嫌でたまらなかった。娘をとられてしまうのではないか、という疑念すら抱くようになっていた。

そんな生活が続く中、私はまた赤ちゃんを産みたくなっていた。そんな思いは早くも叶うことになる。二人目の子を妊娠したのだ。長女が生まれて半年ほど経った頃のことである。

最愛の兄との別れ

二人目の子が九カ月に入った頃のこと。ある夜、私は突然腰に激痛を感じた。歩くことはおろか、横になるときも夫の力を借りなければならない状態だった。これまでに感じたことがないような痛みに私はうろたえるばかり。病院に行くことも考えたが、しばらく様子を見てからにしようと、何とか我慢した。痛みが続く中、朝を迎えた。痛みは幾分治まったようだ。もう少しこのまま休んでいようと横になっていた。

昼になった頃、突然姑が二階に駆け上がってきた。ノックもなしにドアを開けると、険しい表情で私に言った。

「驚かんときや。お兄ちゃんが事故で亡くならはった」

言葉を聞いた瞬間、頭が真っ白になった。自分の人生で、このときほど驚いたことはない。

「嘘やろう?」

それ以上言葉が出てこなかった。しばらく呆然とした後、一カ月ほど前の記憶が不意に蘇った。その日、兄は突然私に電話をしてきて、「俺のことをタロットで占ってくれないか」と言ったのだ。私は占ってあげた。占いの結果、最終結果のところに出たのは死神のカード。死神が出たからといって、まさか本当に兄が死んでしまうなんて、想像すらしなかった。

兄は、仕事を転々とし、落ち着きのない生活を送っていた。新しい仕事に就いても、休むことが多かったようだ。事故に遭った時にしていたのは、ガードマンのアルバイト。踏切の壊れた場所に立って、交通誘導をする担当になっていた。その仕事中、電車が来たのですぐに踏切の外に出た。しかし、兄はなぜか再び踏切の中へ入っていったのだ。何か忘れ物をしたかのような様子で。そして、やってきた列車に轢かれた。

父は、兄が亡くなった理由について私に語った。

「一週間ほど前から、突然泣き出したりして様子がおかしかった。たぶん自殺だと思う」

私は父の言うことが信じられなかった。

「いや、違う。お兄ちゃんは自殺したんじゃない。呼ばれたんや！」

私は即座に、父に言い返した。一方で、母は不思議なことを言った。

「亡くなる一週間ほど前から、どの葉を見ても神に捧げる榊に見えていた」

誰が何と言おうと、私には確信があった。兄の死は自殺ではないと。だが、兄の死に方を不自然に感じたことだけは、私たち皆が一致していた。

兄の遺体と対面した。電車に当たった衝撃で、右脚はほとんど切れて落ちかけていた。顔は無残にも崩れ、男前で優しかった面影はない。私はショックと恐ろしさで思わず「怖い！」と叫び、とっさに夫に抱きついた。

　葬式では、悲しみと絶望が交錯した。心が打ちひしがれ、参列者と言葉を交わすこともできない。長女の宏美の顔を見るのがやっとだった。そのとき、私のお腹にはもうすぐ生まれる子がいた。出棺のとき、私は「焼き場に行く」と言ったが、周りの人たちは、私が妊娠しているからと言って止めた。結局、私は火葬場へは行かなかった。だから兄の最期を見ていない。

　悲しむ両親を実家に残したまま帰るのは本当に辛かった。後ろ髪を引かれる思いで、実家を後にする。帰りの車の中、私はお腹の子が兄の生まれ変わりであることをずっと祈っていた。でも、姑は妊娠している私の体の方が心配だと言って、帰るよう促した。同時に、悲しみと苛立ちで感情を抑えきれなくなっていた。そして、夫に当たり散らした。

「あんたに私の気持ちが分かるわけない！　悲しむ親を置いて帰る辛さも、何もかも分かるわけない！」

　夫は何も言わず、ただ静かに私の言葉を聞いてくれていた。

　京都に着くと、すぐさま二階へと上がった。いつもの部屋に入っても、一向に心の整理がつかない。悲しみを抑えられないまま、私はなぜかパパイヤを手にした。葬儀の後でもらったお供えの果物の一つだ。大きな声を上げて泣きじゃくりながら、そのパパイヤをムシャムシャ食べたことは、今も覚えている。生まれて初めて食べたパパイヤ。涙の味はしなかった。意外にも、とてもおいしく感じた。後にも先にも、パパイヤを食べたのはそのときだけである。

初七日の日、私は再び実家へ帰った。法要が終わると、私は兄の写真の前で娘と眠ってしまった。そのとき、とてもリアルな夢を見た。兄が私の手を取り、一緒に踊っていたのだ。しばらくして、兄は私のお腹に手を当て、「いい子を産めよ」と言ってサッと消えた。私は兄の存在を感じ、温かい気持ちで目が覚めた。その後、私は心の中で何度も呟いた。

「大丈夫。またいつか会える。人はいつか死ぬ。でもその後、また必ず兄に会うことができる」

私は、自分が強くなった気がした。

パチンコと借金地獄

兄の死から間もなくして、私は次女を出産した。里花と名付けた。二人の娘と新たな生活がスタートしたが、私は相変わらず娘たちと二階にこもっていた。宏美は、小さな部屋で一人静かに遊んでいる。そんな姿を見ていて、申し訳ない思いでいっぱいになった。

「家を出て自分たちだけで暮らしたい」

私は夫を通して夫の両親に思いを伝えてもらった。ところが、その話を聞いていた、離れに住む夫の祖父母がある提案を持ちかけてきた。

「自分達が二階に住むから、お前達は離れに住んだらどうだ？」

私は内心、もっと離れたところで暮らしたいと思っていた。だが、口では「それじゃあ、そうする」と答えていた。同じ敷地の中での引っ越し。夫の両親から離れたという実感は乏しかったが、離れには台所も風呂場もある。私は初め、自分で好きな料理を作り、好きな時間に勝手にお風呂に入れるのがうれしかった。

離れでの生活が始まり、しばらくは落ち着いた日々を過ごしていた。宏美は四歳になり、保育所へ入れることになった。ただその頃、夫の祖父が他界した。続いて祖母もこの世を去る。さらに、姑の兄弟らが次々と旅立っていった。しばらくはお葬式ばかりで、忙しい日が続いた。

里花が三歳になった頃、私は無性に外に出たいと思うようになった。そして、仕事を見つけ、働くことにした。子どもはまだ幼い。もちろん家に置いておくわけにはいかない。娘は二人とも保育所に入れた。仕事を始めたとはいえ、娘を預けたことによって、自由な時間を持てるようになった。ただ、そのことが私たちの生活を再び困窮へといざなっていった。

私たち夫婦は、時間が合えば一緒にパチンコへ行くようになっていた。その頃、私たちには少し借金があった。だが、私たちは似た者同士。借金があることに、思い悩むことなどない。「何とかなるだろう」と、二人とも楽観していた。結局、私は仕事を辞めてしまう。そして、一人でもパチンコへ行くようになった。お金がなくなれば借金をし、またパチンコへ通った。

その当時、夫はトラックの運転手をしていた。だが、労働条件の悪さや、私のわがままを理由に、仕事を何度もかえていた。家で仕事をしようと、勤めていた会社を辞めたこともある。

夫は「ポリマーシーク」という自動車のボディを加工する仕事で独立することを思い立ち、借金をして、広告費や研修費を支払い、仕事で使う機械などを購入した。だが、客は全く見つからない。結局、借金だけが増えた。世の中の現実が全く見えていない、甘い考えだったのである。

独立してやっていくのは無理だと分かると、すぐに見切りをつけ、再び運送会社を探した。幸い新たな就職先を得ることはできたが、借金は一向に減らない。毎月ただ額が増えていくばかりだった。夫は、休まず真面目に仕事に取り組む人だったが、勤務時間が不規則なことや、給料が少ないことに不満を持っていた。

当時、借金の利息だけで毎月七万円ほど支払う必要があった。それでも、何とか普通の生活はできていた。今思えば、あれだけ借金があったのに、全く恐れることなく「何とかなるさ」と思っていたことが不思議にさえ思えてくる。私たちは、利息を返すだけで全く元金を減らすことができず、ただギリギリのところで必死に踏みとどまっているような状態だった。

それでも私は、自分が仕事をしようとは思わなかった。夫もなぜか、私に「働け」とは決して言わない。「いざとなれば、またどこかで借りることができるだろう」という期待を持っていて、実際いつも何とかなっていた。どうしてやっていくことができたのか、今思い返しても不思議に思う。ただ私たちは、知人にお金を借りるようなことだけは避けようと考えていた。

そんな借金に追われる生活の中、私たちは相変わらず、二人でパチンコに通い続ける。いつの間にか、借金の額は二人合わせて七百万円を超えていた。ただ利息だけを払い、全く元金が減ることなく、何とか生活するという綱渡りの状態は続いた。

しかしある日、私はようやく気付いた。

「こんなことをしていたら、死ぬまで元金を返せない。ただ利息を払うだけの日々はいつまで経っても終わらない」

このままでは駄目だと思い、早速私は夫に相談した。そして、破産宣告することを提案した。

破産宣告の申請

破産宣告をすれば、とりあえず借金地獄からは逃れられる。ただ心配なのは、夫の両親だ。反対されることは目に見えている。どうせばれるのなら、先に断りを入れておこうと思った。だが案の定、姑たちは了承しなかった。

「そんなことをしたら、格好悪くてこの家にも住めなくなる」

夫の両親は、自分たちで工面できる範囲でお金を用意してくれると言ってくれた。だが、その額はおよそ二百四十万円。保険を解約したり、いろいろな所から借りたりして、何とか集めてくれたのがその金額である。実際、その程度の額では何ともならない。

夫の両親の反対もあって、とりあえず破産宣告することは思いとどまった。だが、状況が改善する見通しはない。親には伝えていない借入分もあり、改善どころか、ますます悪化していく。夫の両親から借りたお金の返済分も毎月五万円増えていた。それでもその後、何とか一年ほどはギリギリの状態で生活を続けた。でも、「もうこのままでは無理だ！」と私は思った。

ある日、私は夫と再び破産について話し合った。そして、親には内緒で家庭裁判所へ相談に行った。親に内緒にしたまま破産宣告することを考えたのだ。

弁護士を訪ね、その後のことを相談した。話を聞く中で、私は、これなら何とかなりそうだと思い、すぐに行動に移すことにした。ただ、弁護士費用として六十万円かかる。仕方なく、夫の会社の社長に事情を話し、弁護士費用だけでも貸してもらえないか相談しようということになった。夫の新しい就職先が決まってから、まだ月日は浅い。それでも、夫はその会社の社長にかわいがってもらっていた。私たちは社長に懇願し、何とかお金を借りることができた。

私はすぐに破産に向けて書類を作成した。そして、弁護士にお金とともに渡した。破産が成立するか否かは裁判所の判断に委ねられる。その後しばらくは、成立を祈りながら過ごした。

数週間後、裁判所から手紙が届いた。破産が成立したとの知らせである。

「これで解放される！」

一気に肩の荷が下りた思いがした。私たちはもう借金ができない。これを機に一から出直す決意をした。お金を借りられなくなったことに不安もあったが、「これでいいのだ」と自分を納得させた。パチンコはもうやらない。

パチンコをする時間をつくらないため、勤務時間の長いパートに出ることにした。宏美は小学三年生。里花は小学一年生になっていた。子どもたちの将来のことも考えねば、という思いもあったのだ。

その当時、私の父と母は、私の頼みもあって京都で暮らしていた。実は、父も愛知で破産宣告を受けている。私と父は同じような状況にあったのだ。父は、もう借金取りに追われる心配もなく、平穏に暮らしていた。母は、かつて団地のベランダから飛び降りたときに傷ついた体はまだ回復していなかったが、ギプスを付け、杖をついて、ゆっくりだが歩けるようになっていた。かつての地獄のような状況から脱していた両親を見ると、自分もこれから真面目に生きていこうと思わずにはいられなかった。

電話鑑定師の仕事

私は一生懸命仕事をした。パチンコをやらないために。だが、そんな思いは長続きしなかった。仕事を始めて三カ月も経つと、当初の思いを忘れたかのように、パチンコへ足を運んでいた。だが、もうお金を借りることはできない。貯金もない。それでも、自分の親に時々小遣いをあげたり、お正月には両方の親にお年玉を渡すことができるくらいの余裕はできていたのだ。

そんなある日、私は友人のミキちゃんから「こんな仕事があるよ」と、ある仕事を紹介してもらった。電話で人を占う、電話鑑定師の仕事だ。間もなく私はこの仕事を始めた。

昼間はパチンコに行き、夜子どもを寝かせてから自宅で仕事をする。仕事のない日もあったが、ほぼ一日一件のペースで電話がかかってきた。私に占いの知識はない。でも、私は元々勘が良かった。その勘だけを頼りに、私は他人の未来を占っていたのだ。

仕事は順調だった。多い日は一夜で一万円を超える収入があった。一度だけだが、一週間で八万円が振り込まれたこともある。当たることが多かったわけではないが、少しずつリピーターがつくようにもなっていた。勘だけでこれだけ仕事ができてしまう。自分でも不思議だった。

私は、夜遅くまで占いの仕事をし、その後、仕事を紹介してくれたミキちゃんと朝まで喋る。そして、朝二時間ほど寝て、パチンコへ行く。そんな毎日だった。ミキちゃんは子どもを二人抱えて離婚したシングルマザー。親に支えられながら、夜は祇園のクラブでピアノを弾き、生計を立てていた。二人で話すときの話題は、ミキちゃんの恋愛の悩み相談と占いのことばかり。その頃私は、何か見えないものにどんどん惹かれていた。彼女もそうした世界が好きで、二人でよく占いをしてもらいに出掛けていた。あそこの先生はどうだの、ここの先生はこうだの、とよく話し合ったものだ。

占いの知識がないまま仕事をすることには、少なからず後ろめたさもあった。根が真面目な私は、確信のないことを伝える仕事に、正直ためらいがあった。本当の占い、本当の力を得たい。占い師のところへ行くのにはそんな理由もあった。だがどこの占い師も、私が求めているものではなかった。

「占いなんてただの相談だよ。トークだけでいいんだよ」

ミキちゃんは、そう言ってよく私を励ましてくれた。でも、自分の中では納得できなかった。どれも本物ではない。いつの頃からか、私はこのことで真剣に悩み始めていた。

本当の力が欲しい。私は、自分を導いてくれる本物の占い師を探し求めた。電話鑑定で稼いだお金は、ほとんどが占いに消えていく。

「いつかきっと、本物に出会えるはず」

心の中でそんな確信を抱きながら、毎日占いばかりに通っていた。だが、どこへ行っても本物には出会えない。どの占い師も皆、ただのトークだけ。「それくらい私にだって分かる」と言えるレベルのものばかりだった。

私の占いは、客や友人によく「当たっている」と言われた。それでも、「こんなんじゃダメだ。こんなんじゃダメだ」といつも苦悩していた。自分の占いに納得できない。それでも、占いの仕事は辞めなかった。自分なりに必死に努力もした。風呂場で体に冷水を何度もかけたり、塩で体を揉んだり……。「霊的」だと思われていることは何でも試した。一体どれくらいお金を費やしたのだろうか。私は苦悩と闘いながら、見えない力にどんどん魅せられ、それを求めてさまよっていたのである。

「二人で場所を借りて、一緒に占いの仕事をしよう」

ミキちゃんから、対面鑑定の仕事を提案されることもあった。でも、私はあまり自信が持てなかった。ミキちゃんは、他の占い師から「あなたには霊感があります」とよく言われたそうだ。私は、そんなことを言ってもらえたことがない。いつ頃からか、ミキちゃんに対してジェラシーを持つようになっていた。私には何も見えない。何も聞こえない。そんな当たり前ともいえる事実に、悩むようになっていた。かといって、彼女に何かが見えたり聞こえたりしていたわけではない。

叔父との奇妙な再会

私は何かに導かれるかのように、見えない力を求め必死にもがき続けた。時に、不思議な何かを強く感じることもあった。だが、私は確かなものが欲しかったのである。霊感が欲しい。霊感を身に付けるにはどうすればいいのか。その答えを求めて電話鑑定師の先生に相談した。しかし納得できる答えは返ってこない。

「あなたは取り憑かれている。霊感を求めるなんておかしい」

まるで病気を患っているかのように扱われることもあった。それでも私は諦めきれない。でも、自分がなぜそんな力を求めているのか、理由など考えたこともなかった。それ以上に、考える余地もないほど必死になっていたのだ。

そんなある日、私はなぜか母の弟のことが気になり、子どもを連れて会いに行くことにした。父と母がまだ愛知に住んでいた頃、叔父はまだ独身だった。仕事もせず、生活保護を受けながら寂しく生活していたのだ。母の事故があってから、その叔父には一切会っていない。もうかなりの年月が経っている。

数日後、私は叔父を訪ねた。わずかばかりのお金を小遣いとして渡したとき、叔父は私にお礼を言いながら手紙を渡してきた。そして、私に向かって奇妙なことを言った。

「俺は最近、宇宙と交信している」

母の実家の姓は「友成」。この姓自体は決して珍しいものではない。だが、私はこの「友成」という言葉の響きに、なぜかゾッとするものを感じていたのだ。かつては、兄とよくそんな話もしていた。

目の前にいる叔父は、頭が変になっている。

「友成家には何かある」

そう感じずにはいられなかった。私は手紙を受け取ると、すぐ叔父の家を後にした。

それから五カ月ほど経ったある日、母から電話がかかってきた。叔父が死んだらしいと。母の話によると、叔父は知り合いの家に食事に招かれ、そこで突然何を思ったか、家の中で走り出し、二階のベランダの窓を開け、飛び降りたということだ。私は奇妙に思わずにはいられなかった。

その後、叔父の葬儀には出席していない。

叔父の一件に限らず、この頃は、私の周りで奇妙で不思議な出来事が立て続けに起こっていた。

第二章　始まり

見えない力の探求

私は、次第に呪いや祈禱、呪文、除霊といったものに興味を持ち始めた。神界について書かれた本を何冊も読み出した。さらに、密教に関する本も買い集めた。密教にはかなり惹かれたが、茶吉尼天（だきにてん）など恐ろしい神に関する記述もある。読んでいて気分を悪くすることも多かった。

神に関する本を読み漁ったが、なぜか心の奥底でそれらの神を信じることができなかった。私はこれまで神を恐れたことはない。「神の罰が当たる」といった言い伝えを耳にしても、いまいちピンと来ない。私は、神はすべての者を見守り、すべてを許すものだと信じ込んでいた。特に根拠はない。また、呪いなどに惹かれていた一方で、そんなものが現実には存在しないことを、私は心の奥底で確信していた。

以前、宗教を少しだけかじったことがある。私は神を求めてはいたが、どれも違う気がした。その一方で、教え自体には共感することもあった。

その頃、ミキちゃんはある男性との交際がうまくいかず、ひどく悩んでいた。私は心の中で「縁がないいんじゃないいか」と思っていたが、さすがに口には出せない。思いとは裏腹に、いつも彼女を励ましていた。彼女は早く結婚をしたがっていた。相手の男性とは、「いつか結婚する」との約束もしている。しかし私は、その男性とはやっていけないだろうと思っていた。

彼女とは毎日のように話をした。一日に四時間くらいは喋っていただろうか。当時の私は、どこかで彼女に依存していた。彼女には、私を受け入れてくれるような魅力があった。しかし私は、彼女が苦手だったことも事実だ。電話を通してならば違和感なく接することができる。でも直接会うと、何かが違うと感じていた。そんな矛盾した感情は、自分ではコントロールできない。私は決して彼女に勝つことができないという思いを、心の奥底で抱いていたともいえる。自分でも分からない複雑な思いを抱きながら、私は彼女と付き合っていたのだった。

ある日彼女は、「彼に一度会って話してほしい」と私に言った。以前、その彼とは「別れたい」とも言っていたが、なぜか別れられずにいたのだ。

当日の深夜、私は子どもたちを寝かし、あるレストランへ向かった。そこで三人で会うのだ。店に入り彼と対面すると、私は軽く挨拶をした。彼に会った瞬間、思っていた通り嫌な感覚を覚えた。その後、私は間髪を容れずに切り出していた。

「彼女は苦しんでいます。結婚する気がないのなら別れてください」

私は昔から、思ったことをストレートに言ってしまうところがある。相手の気持ちを考えずに。別れるべきだと思って言ったのだが、その言葉はむしろ逆の展開をもたらしたのだった。

その後、私は二人を残してレストランを後にした。二人だけになったミキちゃんと彼は、

「あそこまで言うことないのになぁ」と話していたとのこと。私が帰った後は、二人で話が盛り上がり、以前よりも仲が良くなったそうだ。

だが、それはだいぶ後になってから聞いた話である。二人はその後、別れることになった。彼女は彼から八百万円の慰謝料を受け取ったそうだ。

ミキちゃんとは、その後も時折会っていた。だが、その頃私は、話に夢中になれるような心境ではなかった。あることに夢中になっていたからだ。

透視能力への憧れ

ある日、私はいつものように図書館へ行き本を探していた。そのとき、ある一冊の本に目が釘付けになる。その本には、瞑想の仕方、精神修行の方法などが詳しく書かれていた。中でも私が惹きつけられたのは、「透視能力を身に付けるには」と書かれている箇所。そこには、襖に開いた小さな穴や、ローソクの揺れる炎などを、精神を集中させながらジッと無心で見つめ続けると、次第に透視能力が身に付くと書いてある。

次の日から早速、透視能力を身に付けるための「修行」を始めた。壁に画鋲を一つ刺し、それをジッと見つめるのだ。子どもが学校に行っているとき、夜の仕事の待ち時間など、一人になれる時間はほとんどその「修行」に費やした。一日六時間以上。私はその画鋲を座禅を組みながら見つめていた。傍から見れば、さぞかし滑稽な姿に思えるだろう。だが、私は真剣だった。他にも、画用紙に大きく書いたキリーク（梵字）をジッと見つめたり、瞑想したりと、一日の中で空いた時間は、すべて精神統一に充てていた。その本に出合ってから四カ月ほどは、そんな生活が続いただろうか。

そんなある日、私はいつものように目を閉じて瞑想していた。すると、真っ暗な空間に一つの光が見えてきたのだ。

「画鋲を見過ぎているからだろう」

その時点では、私はあまり気に留めなかった。次の日、画用紙を前に目を閉じていると、今度は暗闇の中にキリークがはっきりと見えた。

「画用紙をジッと見つめていたせいだろう」

そのときも特に気に留めることはなかった。だが、この現象は「始まり」を示す出来事だったのだ。

その後も、瞑想を続けていると、とてもきれいな青い光が目の奥に見えるようになった。その光は次第に大きくなり、輪の形になる。その輪がいくつも現れ、自分の方へ流れてくるのである。漫画の主人公が超能力を発揮するシーンで描かれるような、あの神秘的な光景が自分の前で繰り広げられているのだ。

「もしかして、これなのか？」

私はワクワクする気持ちを抑えることができなかった。だが、そんな高揚感はすぐになくなっていく。次第に耳鳴りがするようになってきた。気分が優れない。にわかに恐怖を感じた。もう辞めようと思い、画鋲も画用紙も壁から外して捨てた。

次の日、この一連の出来事を高校時代の親友に話した。すると、「その世界には踏み込んだら駄目だ」という言葉が返ってきた。親友は、透視や瞑想についての知識を持っていたわけではない。それでも、私の話を聞いて、直感的にそう感じたようだ。

治まらない恐怖

あの体験をした日以来、耳鳴りが止まらない。そんな状態でありながら、仕事は続けていた。何ともいえない恐怖感を引きずりながら。三日ほど経った日の夜、眠ろうと目を閉じていたときに、また不思議な体験をした。金色に輝く観音様が目に映ったのだ。ぼんやりとではなく、はっきりと。びっくりして目を開け、また静かに閉じた。すると、次はテレビ画面に映るあの砂嵐のような光景が広がった。その中に赤や青など、色の付いたものが見える。同時に、急に息苦しさを感じ始めた。私は、必死で自分の心を落ち着かせようとした。しばらくすると、あの不思議な光景は見えなくなり、息も少し落ち着いてきた。それまでの人生で、このときほど恐怖を感じたことはない。「もう大丈夫だ」と思って間もなく、私は眠りに落ちた。

次の日、私は何軒かの真言宗のお寺に電話をし、これまでの出来事を説明した。だが、返ってくる言葉は皆同じ。

「目を閉じて、そんなものが見えるわけがない」

だが、確かに私にはそれが見えたのだ。恐ろしくなって、電話鑑定の仕事も辞めた。息苦しさが続いたこともあり、私はどんどん塞ぎこんでいった。

「自分は今まで、どうやって息をしていたのだろう？」

そんな疑問すら抱くようになった。さらに、「こんなに息苦しいのに生き続けていくことができるだろうか？」といった、未来に対する悲観的な思いを抱くようにもなっていた。

「いつまでもこんな状態が続くのなら、自殺するしかない……」

そこまで考えるようになっていた。

あるとき、私は眼科医に相談した。するとその医者は、「それは精神科に行ってくれ」と冷たく言い放った。まるで頭がおかしくなった人と接するかのように。

私は心の中で、「どうして分かってくれないの？　私は決して精神がいかれているわけではないのに」と呟いていた。

ある占い師に教えてもらった整体院に、夫に連れていってもらったこともある。そこはチャクラを活性化させることができるとのことだった。整体師に事情を説明すると、ある話をされた。

かつてその整体院へ、体がフニャフニャで一人で歩くことができない男性が、大人二人に抱えられて運ばれてきたそうだ。整体師は言った。「その男性は、前世が蛇だった」と。前世の問題では治しようがない、だから帰ってもらったとのことだ。私は怖くなってきた。とりあえず一時間ほどヨガをやり、その整体院を後にした。

「ここも結局、無駄だったか……」

私の気持ちは沈んでいた。後日、ミキちゃんに教えてもらった医院に三回ほど通ってみた。そこは気功で人の病気を治すとのことだった。だが、全く効果はない。無意味だと思った。

得体の知れないものに対する恐怖、誰にも理解してもらえない孤独の中で、私はもがき苦しんだ。そんな状態が一年半ほど続いた。ただ、症状は二十四時間続いていたわけではない。意識が別のことに強く向いているときは、普通に息をしていた。しかし、ふと気付くと、再び息苦しくなってくるのだ。

ある日、私は気分転換をしようと、家族と一緒に水族館へ行った。行く途中、「自分はこれからどうすればいいのか?」という思いが頭の中で駆け巡り、落ち着かなかった。だが、帰るときにはそんな悶々とした気持ちは消え去っていた。あの恐怖のことを、いつの間にか忘れていたのだ。不思議なことに、その後は息苦しさをほとんど感じなくなった。

この一年半に及んだ恐怖は、今もはっきりと覚えている。また、かつて見た青い光の輪は、今でもたびたび見えることがある。症状が落ち着いてから、私はある決心をした。

「見えないものを追いかけるのはもうやめよう。占いからは距離を置き、外に出て太陽の光を浴び、もっと人と会うようにしよう」

私は仕事を探し始めた。幸い、仕事はすぐに見つかった。職場は、家の近くにある大学の食堂。そこで調理補助として雇われたのだ。パート待遇だったため、給料は高くない。でも、お金はどうでもよかった。とにかく外に出て多くの人と接することが重要だったのだ。

先生との出会い

私はすぐに働き始めた。ところが一週間ほど経つと、また不思議な感覚にとらわれるようになった。それは、自分の記憶にあるものだった。

「確か、以前にもこんな感覚があった」

調理の仕事をしているときも、流し台でお米を洗っているときも、ずっとその強い感覚は続いた。前世において、私はこの場に必ず縁があったと思うようにもなった。

「これから何かが起きる。必ず何かが始まる」

私は強く確信していた。これから起きる出来事について、私は四六時中考えるようになっていた。

そんなある日、ミキちゃんが「すごい先生を見つけた」と私に話してきた。話によると、彼女の母親がその先生に突如「癌だ」と言われたそうだ。実際に病院に行って検査をすると、本当に癌が見つかったのだ。胸に一センチほどのしこりがあり、乳癌になりかけていたとのこと。その先生は「取ってあげる」と言い、胸に手を当てた。すると、そのしこりは消えてなくなったということだ。話はそれだけで終わらない。後日、彼女がその先生の腕を触らせてもらうと、そこにしこりが移っていたというのだ。先生は、患者から取った病気を、磁気場に持っていって捨てるらしい。にわかには信じ難い話だ。でも、彼女が嘘を言うはずがない。私は早速、その先生に見てもらうことにした。「見えないものを追いかけるのはやめよう」と決心したことなど、そのときにはすっかり忘れていた。

先生のところを訪れたのは、その週の土曜日。その日の夜、私は京都のある店まで夫に連れて行ってもらった。先生に会うと、私はすぐに青い光のことを話した。だが、先生は「気のせいだ」と言った。そして、先生は言葉を続けた。

「毎日ここに通えばいい。背中から運気を入れられるようにしてあげるから」

私は「ここだ!」と思った。私は突然、恋をしたかのように惹かれる奇妙な感情に襲われた。「だめだ」と心でグッと抑えようとしてもコントロールが利かない。不思議な力に引き寄せられるような感覚だった。

帰り際、先生は私に「小さな箱を用意してあげる」と言った。私は何のことだか全く分からない。ただ反射的に、「ありがとうございます」と言っていた。

帰宅すると、すぐさまミキちゃんに電話をかけた。長時間話をする中で、私は先生に告げられた「小さな箱を用意してあげる」という言葉の意味を彼女に訊いた。彼女は「箱」とは「店」のことだと言った。もしかして、先生は私に占いの店を持たせてくれるのだろうか。彼女は私をうらやましがった。私は、そんなことはないだろうと思いながらも、妙にテンションが上がっていた。

話の途中、彼女は自分の身に起こった不思議な体験について語り出した。

「先生に会う一カ月ほど前、自宅でお風呂に入っていたとき、突然鈴の音を聞いたの。空耳ではなく、はっきりとした音で。その瞬間、自分はお寺を持つ僧侶と結婚するんだ、と直感した。それから間もなく、先生に出会ったの。だから、私はあの先生と付き合いたい」

私は即座に、「それはないだろう」と言った。だが、彼女は思い込んでいた。それがあたかも運命であるかのように。その頃既に、付き合っていた彼氏とは別れていた。

ミキちゃんは、さらに驚くような話をした。彼女が先生に、「お父さんがもうすぐ死んでしまう」と話したとき、先生は「お父さんの命を助けたいのなら、二百万円を口座に振り込むように」と言われたというのだ。彼女は父親を何とか助けたい一心で、必死に二百万円を準備し振り込んだそうだ。ミキちゃんのお父さんは、週に三回ほど人工透析を受けており、かなり前から仕事ができない状態にあった。

ミキちゃんと先生

ミキちゃんは先生のことで悩んでいたようだ。付き合いたいという気持ちがある一方で、二百万円を払わされたことへの不信感がある。しかし、私は何も助言してあげることができない。

私は、先生と彼女のことを高校時代の親友に相談した。店を持たせてもらえるかもしれないということ、友人がその先生に二百万円支払ったことなど、すべてを話した。親友は「そんな人たちとはすぐに縁を切った方がいい」と忠告してくれた。親友の話に納得しながらも、私は全く従う気になれなかった。先生ともミキちゃんとも、別れることなど考えられない。自分から相談しておきながら、親友の言葉に耳を傾けることはなかった。

それからしばらくして、驚くような展開があった。何と、ミキちゃんと先生が付き合い始めたのだ。驚いたのはそれだけではない。実はその時点で、ミキちゃんは先生に一千万円という大金を、言われるがままに渡していたのだ。

「お金は不浄な物だから因縁がある。だから磁気場に埋めた方がいい。時が来れば返す」

彼女は、先生からそう告げられたらしい。彼女はお金のことを真剣に悩み、私に相談してきた。私は、もうそのお金は返ってこないだろうと思った。私なりの助言をすると、ミキちゃんは「私はその先生とはしばらく会わない」と言った。だが私は、自分のことに関しては、身勝手なことを言っていた。

「私は店のことはどうでもよかった。でも、背中から運気を入れられるようにはなりたいの。だから、それまでは先生と会って、その後で縁を切る」

彼女は先生と距離を置こうとしているのに、私はそれを裏切るかのようなことを考えていた。

その発言に、彼女は傷ついたようだった。私はときどき周りが見えなくなる。彼女の心中を推し量ることなく、私は言ってはいけないことを口にしていたのだ。

「あなたとは、ちょっと距離を置きたい」

ミキちゃんはそう言って、しばらく私との連絡を断った。

その後、私は先生に会おうと電話をしたが、出てもらえなかった。何日か経って、ミキちゃんから一通のメールが届いた。

「先生に一千万円を貸したのは本当のこと。でもあの日の電話は、あなたを試すためのものだった」

神はよく人間を試す。他人が苦しんでいるとき、自分の欲を捨てて助けられるか。それを試すつもりだったらしい。彼女は、先生から私を試すように言われたそうだ。私はこのとき、すべてを捨てて、先生から離れる道を選ばなければならなかったらしい。

「そういうことだったのか……」

私は心から反省した。それから約八カ月、私たちは連絡を取らなかった。

そんなある日、ミキちゃんから突然メールが届いた。

「今は子どもを家に置いて、先生と暮らしている。お金もないのに、もう三カ月くらいホテルで生活している」

驚きながら読み進めると、「あの人、頭が逝っている」とまで書かれていた。彼女が「もう別れる」と言うと、先生の背中に急に湿疹がパーッとたくさん出てきたり、血を吐いたりしたとのことである。

「今逃げようと思って電車に乗ったんだけど、行く所がない」

彼女は逃げ場所を求めて私に連絡をしてきたのだ。

当時、私は学生マンションの清掃の仕事をしていた。そのときはちょうど春で、学生が入れ替わる時期だった。だから、ほとんどの部屋が空いている。私はそれらの部屋の鍵を持っていた。掃除をするため、いつでも中に入る必要があるからだ。掃除機など電化製品も使うため、電気もガスも通っていた。

「しばらく学生マンションで身を潜めていたらどうか」

私は彼女にそう提案した。だが彼女は来なかった。逃げたいと思いながらも逃げられない。複雑な思いを抱えていたのだろう。結局、彼女はホテルへと帰っていった。

それから一週間ほど経って、また彼女からメールが届いた。そこには、また驚くようなことが書かれていた。先生が神に祈りを捧げ、ミキちゃんに「神保」を付けてくれたというのだ。「神保」とは、守護霊の他に、神界にいる霊を守り役、導き役として付けるものだ。彼女は自分の身に起きた不思議な出来事を私に伝えていた。

ある朝、彼女が起きると肩にいくつもの湿疹が重なり、ひし形になっていたそうだ。実はその前日、彼女があるデパートのトイレに入ると、中には何人もの人がいて、彼女がトイレを出るまでずっと同じ体勢をとっていたらしい。そこで見たのは、この世の人ではないということだった。先生は、彼女の肩にできたひし形の湿疹を見て、泣きながら「これで大丈夫だ」と言ったそうだ。

「うらやましい」

私はそのメールを読んで思わず呟いた。その神秘さに興奮したのだ。それから間もなく、ミキちゃんたちは彼女の実家近くにマンションを借り、子ども二人と住むことになった。かつてほど回数は多くなかったが、その後も私とミキちゃんは、よくメールのやり取りをした。だが、ミキちゃんと電話で話す機会はほとんどなかった。

先生からの申し出

先生には弟子が七人いた。同時に、先生もかつてはある人物の弟子だった。先生は、昔ある店で一人の老人に声をかけられ、その人にいろいろなことを教わったとのこと。先生はその老人のことを「総長」と呼んでいる。

総長は先生に、これから未来に起こることを告げた。運命の女性と出会うこと、その女性には子どもがいること、そして、その女性を守らなければならないことを。先生はこれを信じ、「運命の女性」を探していたということだ。また、先生と総長は一緒に人を助ける仕事をしていた。そして、総長は亡くなるとき、先生に五億円を置いていくと言い残したそうだ。だが、そのお金はまだ使えないという。先生は既に祇園の店を閉めていた。自分には全国に何万人もの客がいて、水晶を渡し、いくらかのお礼を受け取って生計を立てているとのことだ。

これらはすべて、ミキちゃんから聞いた話だ。電話で会話をする機会は少なくなっていたが、このときの彼女は夢中で私に話していた。また、先生はあるとき、一台の車を持ってきて、「見せられないが、この車のトランクの中に五億円が入っている」とミキちゃんに話したそうだ。

私は、「すごいねぇ、すごいねぇ」と言いながら、半信半疑でミキちゃんの話を聞いていた。なぜなら、彼女の話はどれも桁が違うものだったからだ。彼女の話はちょっと疑わしい。だが、先生が本当の力を持っているということだけは確信していた。先生には亡くなった総長の声が聞こえ、毎日その総長の指示に従い行動しているそうだ。総長の声が聞こえているということは疑わなかった。だが、大きな話に関しては、どことなく嘘なのではないかと思っていた。

ミキちゃんは宗教を変え、神道を信仰するようになった。そして先生との間に子を身ごもっていた。しかし、先生の教えにより、病院に行かせてもらえないと言っていた。

ある日、私がパチンコをしていると先生から電話がかかってきた。「水晶を家に置かないか」という話だった。水晶を家の中に置き、一日十秒くらい手を置き目を閉じていると運気が上がるとのことだった。ただ、水晶を預けるには三十万円かかる。だが、私には二十四万円でいいとのことだった。その二十四万円も、水晶を返せば全額返金される。さらに、レンタル料として水晶一つにつき月七万円を取っているが、それも必要ないということだ。その頃、私はパチンコの調子が良かった。貯金を全くせずに生活していたのだが、気付けば七十万円ほど持っていた。そこから二十四万円を持ち、私はすぐにミキちゃんの住むマンションへ向かった。

マンションに着くと、先生は私に家に入るように言った。家の中にミキちゃんの姿はない。私は強い不安を感じたが、心を読まれてはいけないと思い、必死で感情を抑えた。すると先生は、奥の部屋に向かって「ミキ」と言った。ミキちゃんは別室で横になっていたのだ。私はミキちゃんの顔を見て安心した。だが、久し振りに会ったミキちゃんは、何だか疲れ果てているような印象だった。少し話をすると、私はお金と水晶とを交換し、すぐにマンションを出た。

私は何度となく水晶に触れることを毎日続けた。だが、一週間経っても、一カ月経っても石の力を感じることはない。それでも私は、水晶を大切に持っていた。二カ月ほど経った頃、以前パチンコで稼いだお金は底をついていた。失礼だと思いながらも、私は石を返すことを決意する。後日、お詫びの手紙とともに石を返しに行った。お礼として、わずかではあったが三万も添えた。先生は、水晶を返しに来たことについて特に何も言わない。お金については、「一週間後に振り込む」と言い、振込先を訊いてきた。

それから一週間経った。お金は振り込まれていない。私はミキちゃんに連絡し、「まだ振り込まれていない」と告げると、すぐ先生に伝えてくれた。先生が言うには、「キャッシュカードの磁気が飛んで、振り込めなかった」とのことだ。そういう事情なら仕方ない。私はとりあえず引き下がった。そして、「二週間後に振り込む」と言われた。用件が済んだので電話を切ろうとすると、先生は話を続けた。

「店をやらないか?」

唐突な申し出に驚いた。私は半信半疑だったが、ミキちゃんは喜んでくれていた。先生は「店を紹介するから京都まで来い」と言った。

「その店に弟子を一人行かせるから、その者から詳しく話を聞くように」

私は先生に言われるがままに、指定された場所へと向かった。ちょうどその日は、お金が振り込まれるはずの日でもあった。

電車に乗ると、また妙な恐怖を感じた。それでも私は、気にしないよう努めた。やがて店に着いた。だがそこには、まだ誰もいない。約束の時間を一時間過ぎても、店には誰も現れない。不安になり、教えてもらったお弟子さんの携帯電話に電話をすると、残念な言葉が返ってきた。

「突然用事が入り、今日は行けなくなった」

仕方なく帰ることにしたが、せっかくなので、店を持たせてくれると言っていたビルを探すことにした。はっきりとした住所までは分からない。だが、この周辺であることは確かだ。今現在占い店があると聞いていたので、その店を探した。やがて、店の場所が分かった。行ってみると、確かに占い師がいた。だが、そこは半畳ほどのスペースで、女性一人が小さな机を置いていていただけだ。私は「こんなに狭いのか」と思い、がっかりした気分でその場を去った。

新たな生命の誕生

家に着くと、すぐに先生から電話がかかってきた。

「お金がまだ振り込まれていないだろう。今は少し忙しいので、次の週に振り込む」

私は銀行に確認に行っていなかったし、「自分から電話をしてきて事情を説明するくらいだから大丈夫だろう」と思った。だが、その次の週になっても結局お金は振り込まれなかった。

「お金はまだですか？」

私は先生に電話をかけ、少し強い口調で尋ねた。すると先生は答えた。

「お金を渡すから、直接取りに来るか？」

何だかとても怖くなってきた。行ってはいけない。直感的にそう思い、「行けない」と答えた。すると、先生はあっさりと「明日振り込む」と言った。だが、その約束も果たされなかった。

私は怒りがこみ上げてきた。振り込まれていないことを確認し、すぐ先生に連絡し「お金を返して」と強く迫った。すると先生は、「すみません」と謝った。その一言を耳にし、私は、なぜかまた恐怖を感じた。そして、気付くとミキちゃんに電話をしていた。彼女は「またか……」という感じで、特に驚きもしない。彼女は「私が言うわ！」と言ってくれた。次の日、私の口座にはお金が振り込まれていた。

これでこの一件は終わったと思った。だがその夜、先生から電話がかかってきた。

「どうして妊娠してしんどがっているミキに言ったんや？　香ちゃんこれで三度目やで。神は見ている」

先生の言葉を聞いて、私はハッと我に返った。

「やってしまった！」

私は心の中でそう叫び、心から後悔した。そして、何度も謝った。普通に考えれば、私は何も悪くはないだろう。だが、私もミキちゃんも普通の感覚を持っていなかったのだ。

その後、私はまたミキちゃんとは離れることになった。この出来事を経て、私は今の自分が嫌でたまらなくなり、このままでは駄目だと、強く思うようになった。その日から、「お酒とパチンコを絶対に断つ」と心に決めた。これは決して洗脳などではない。私は確実に見えない何かを感じたし、普通ではないと思ったのだ。

次の日から私は朝早く起き、掃除、洗濯を済ませた。その後パチンコには行かず、昼間はまた本ばかり読むようになる。以後四カ月ほど、そんな生活を続けた。その間に読破した本は二百冊以上。すべて神界について書かれた本だ。私は真剣に本を読み、その神秘さに触れ、なぜかいつもわんわん泣いていた。不思議と涙が溢れてきて、止まらなくなるのだ。同時に、妙にとても幸せな感覚を味わった。

ある一冊に、「神は無限で無形だ」と書かれていた。この世に神は一つしかなく、その神があの世とこの世のすべてを司っているというのだ。私はこの点に深い共感を覚えた。以前から私は、この世に神は一つしかないのではないかと感じていたからだ。世の中にはいろいろな宗教があり、神や仏について、さまざまなことが言われている。だが、私にはどれもピンとこなかった。「神がたくさんいる？　そんなことがあるわけない」と思っていた。

さまざまな宗教の中で、私はキリスト教の聖書には強く興味を持った。聖書の教えに、確かにその通りだ、と思いながら繰り返し読んだ。四、五回は読んだだろうか。もしかして先生がイエス・キリストなのではないか、と思うことも何度かあった。

その頃から私は、人のためになるような人間、神に使われる人間、そして誰かの犠牲になれる人間でありたいと、心底願うようになっていた。それまでは、ただ人に嫌われないことばかりを考えていた。そのために誰かを盾に取るような卑劣な人間。何もできない無力な人間。放漫三昧の最低な人間。助けてくれた者にも何も返さない人間。ただなすがままにダラダラと生きてきた怠惰な人間……。それが私だった。今までの自分を思い返すと、後悔で胸が苦しくなってくる。今こそ悔い改めようと心に強く誓った。そして、自分への戒めの言葉を紙に書いて部屋中に貼り付け、毎日毎日まるで呪文のように唱え、自分に言い聞かせた。

ある夜、私は夢を見た。ミキちゃんの声とともに、聞いたこともないメロディーが聞こえてくるのだ。続いて、「この愛おしい子と巡り逢うために私は生まれてきた」という歌詞の書かれた楽譜が現れた。私は目を覚ますと、すぐに思った。ミキちゃんが赤ちゃんを産むと。

次の日、ミキちゃんと私の共通の友人から連絡が来た。ミキちゃんが出産したとのことだ。

今産婦人科に入院しているから、一緒にお祝いに行こうという誘いだった。

「私が行っていいのだろうか？」

深く悩みながらも、とりあえずお祝いだけは持っていくことにした。病院へ行くと、ミキちゃんのそばで赤ちゃんがスヤスヤと眠っていた。先生は私にお礼を言ってきた。

ミキちゃんは、妊娠中ほとんど病院へ行かせてもらっていない。だが、何とか産婦人科を探し、無事出産できたようだ。ミキちゃんは、私が見舞いに来たことを本当に喜んでくれているようだった。それから数回メールのやり取りをしたが、私たちはまだ会ってはいけない時期だった。

パチンコの誘惑

私はそれからも朝早く起き、清く正しい生活を続けていた。もう三カ月になる。パチンコに行きたいという欲求はもうない。

そんなある日、夫と一緒に姑を病院へ連れていくことになった。たまたまその日は、夫の仕事が休みだったので三人で出掛けたのだ。病院では診察に二時間ほどかかる。姑は「一度帰ってくれていい」と言った。そんな話をしているとき、たまたま車を停めた場所は、パチンコ屋の駐車場の前だった。店を前に、以前の自分の悪い癖が突如よみがえる。次の瞬間、私は姑に、「ここで待っている」と言っていた。姑を車から降ろすと、私はすぐさま夫に話しかけた。

「久しぶりに、少しだけパチンコをやらない？　待っている間だけだから」

私は、少しくらいならいいだろうと思った。実際、パチンコをしたのはわずかな時間。その日は姑を乗せて帰らないといけなかったこともあり、すぐにやめて帰った。だが、パチンコ依存症というものは、私が考えているほど甘いものではなかった。次の日から、またパチンコ通いをする生活に陥ってしまったのだ。

私は、以前と同じような生活をするようになっていた。昼間パチンコへ通う日々。そんなある日、私は一人でデパートへ買い物に行くと、先生とばったり会ってしまった。赤ちゃんをカートに乗せてブラブラしている。

「どうしよう。まずいな……」

そんな私の迷いを気にも留めず、先生は、「ミキもいるから会っておいで」と言うのだ。少し気まずく思ったが、彼女に会いに行くことにした。ミキちゃんは、階段近くの休憩所で一人の男性と話をしていた。その男性は先生のお弟子さんだそうだ。話をする姿から、彼女は楽しくやっているように思えた。でも、何を話したらいいか分からない。突然会ったということもあり、私は何となく緊張していた。結局、挨拶程度に言葉を交わし、すぐにその場を立ち去った。

およそ八カ月になる、かわいい赤ちゃん。変わらずきれいで、凛としたプライドを持つミキちゃん。不思議な力は感じつつも、どこか得体の知れない疑惑を感じていた先生。その先生に本当にお弟子さんがいることも知った。そんな再会に、「自分は何をしているのだろう」と思わずにはいられなかった。自分は毎日パチンコへ行き、ただダラダラと生活するだけ。私は彼女がうらやましく思えた。そう思いながらも、私は生活を改めようとしない。相変わらずパチンコをする日々を送った。

先生の逮捕

ミキちゃんとの再会からしばらく経ったある日、私は買い物をしに近くのドラッグストアへ行った。店に入ろうとすると、ちょうど友人とすれ違った。私とミキちゃんの共通の友人だ。彼女は私の顔を見るなり手を摑んで、こんなことを言い出した。

「ミキちゃんの旦那さんが捕まったの知ってる?」

驚かずにはいられない話だったが、私はなぜか冷静だった。彼女の話では、先生はガラスでできた偽物の水晶を売り、多額のお金を騙し取った詐欺の疑いで捕まったということだ。実はその友人も、先生から「家に因縁があるから水晶を土地に埋める」と言われて百万円支払ったという。家族がいる前で、急に大きな声でそんなことを言われ、何だか怖くなってきて思わず払ってしまったそうだ。だが友人は、後で頼み込んで、何とかそのお金を返してもらっている。私はそんな話を聞きながらも不思議と落ち着いていた。どこかで「時が来たのだ」と思っていたからだ。

私は買い物を済ませ家に帰った。そして、子どもたちを寝かせるとゆっくりと深呼吸し、ミキちゃんに電話をかけた。ずっと遠ざかっていた私からの電話に、彼女は頼るように話し出した。彼女は、本当に先生とこのまま一緒にいてもいいのか、分からなくなっていたのだ。

彼女の話では、先日、突然警察官がマンションを訪れ、先生に手錠を掛け連れて行ったということだ。彼がしたことは事実だという。「お金を返してくれ」と何人かの人がマンションに押しかけてきたことも話してくれた。彼女は心の奥底で先生を信じる一方、周りの言葉や現実に不安を抱いて悩んでいた。

私は、ミキちゃんと離れていたこの何カ月かの間に感じたこと、考えたことを話し出した。そして、「何か事情があるにちがいない。私は先生を信じる……。きっと何か深い意味が隠されているはずだ」と話すと、彼女は、「頭の先に明るい光がともった」と言った。先生は捕まる前、「正しい答えに出合ったときには頭の先に光がともるから、それを頼りにしろ」と言われていたらしい。

私たちは、離れている間に起きた出来事や感じたことをお互いに話した。久しぶりに遅い時間まで語り明かし、楽しい時間を過ごした。彼女は私が電話をしたことに心から感謝していた。

「やっぱり私は間違っていなかった」

そう言って彼女は感動していた。私はできるだけ力を貸すと彼女に約束した。その夜は、時間が止まっているかのように感じた。まるで何か違う次元に存在しているかのごとく。本当に神秘的で不思議な夜だった。
私は次の日、ミキちゃんと一緒に奈良にある拘置所へ行くことになった。

第三章　本物との出会い

先生からの手紙

次の日の昼過ぎ、私とミキちゃん、そしてミキちゃんと先生の子こうちゃんの三人で、奈良の拘置所へ向かった。先生は相変わらず無愛想だ。自信に満ち溢れた風格で、私に「来てくれて、ありがとう」と淡々と言った。十分ほど話をし、私たちは拘置所を出た。その後、看守さんから預かった先生の手紙を、ミキちゃんは読み始めた。そこには、いろいろなことが書かれていた。

　まず、この試練を乗り越えれば、ミキちゃんのお父さんが現れるということが書かれていた。実は、先生が捕まる半年ほど前、ミキちゃんのお父さんはこの世を去っていた。先生は、「お父さんは大丈夫だから、見舞いに行っては駄目だ。会いに行かず、家で心を冷静にし、信じて待つように」と言われていたらしい。彼女は言い付けを守り、家でじっとしていた。だが、お父さんは間もなく亡くなった。そのときは、私も知らせを聞いてお悔やみに行った。先生は、そのお父さんを蘇らせ、ミキちゃんたちの前に現れるようにするとのことだ。

　その他に書かれていたのは、ミキちゃんと先生は、天界ではかなり上位に昇ることができるということ。二人は神から与えられた大きな使命を果たさなければならないということ。そして、私に関しては、別の天界の人だが、この道の人だと書かれていた。

以前から、私たちは先生から「カエリ」という言葉を聞かされていた、カエリとは、人が前世でした悪い行い、今世でした悪い行いが、必ず返ってくるというもの。カエリをすべて受けきり、なおかつ悪い行いをせず、それを消滅させることができる者はこの世にわずかしかいない。だが、それを実行できた者は天界からの祝福を受け、後世神になれるということだ。神となった者は、全世界で約一%存在する。先生は、自分が拘置所に入ることと使命を果たすことでカエリを消滅し、今世で神となり、人々を導くと考えている。私については、今世でカエリを消滅させることはできないが、運命転換をしたから、大きな災いをできるだけ小さくして受けられるとも書かれていた。

私はその手紙の内容をすべて受け入れた。中でも、私が「神の道を歩む者、この道を進む者」だと書かれていることに、何だか妙に興奮した。興奮しながら納得したのだ。そんな初日を終え、私たち三人は以後毎日、先生のいる拘置所へ通うことになった。

次の日も私たちは奈良へ向かう。行きの車の中で、彼女は不安そうな表情を浮かべながら私に切りだした。彼女は、「今朝から私にも総長の声が聞こえる」と言うのだ。

「信じてもらえないかもしれないけど、本当に小さく、かすかだけど、私にははっきりと聞こえる」

彼女は、そんな状態にあることについて、「自分はおかしくなったのではないか」と言っていたが、私は「大丈夫だ」と言った。彼女の話によると、先生が家にいた頃、こんなことを言っていたらしい。

「俺に何かあったときは、ミキちゃんに総長の声が聞こえるようになるから、その声を頼りに進むことができるようにしておく」

私は全く疑わなかった。行きの車の中で、総長に繋いでもらい、いろいろな話をした。声はミキちゃんのものだ。だが、話しているのは総長に間違いない。私は総長を崇拝した。そのときのときめきと喜びは、今でもはっきりと覚えている。総長は、私のことを「ずっと昔から知っている」と言っていた。「ミキちゃんの力になってやってくれ」とも言われた。私は、「自分にできることなら何でもする」と答えた。

奈良に着き、ミキちゃんと先生が話をする間、私とこうちゃんは中に入らず外で待つ。帰る時に看守さんから先生の手紙を受け取る。そんな毎日だった。

手紙には、私は前世で、先生とミキちゃんの子どもだったと書かれていた。二人は強く惹かれ合っていたが家柄が合わず、結婚させてもらえなかった。毎日二人で教会へ行き、神に祈っていたという。ミキちゃんが私を身ごもると、二人は離れればなれにさせられ、私を産んだ後、彼女は不治の病にかかって亡くなってしまった、ということだ。だがそのとき、私は亡くなったミキちゃんに冷たくほほ笑んでいたという、少し気になることも書かれていた。

先生は面会中、「俺は一週間ほどで出られる」と言っていたそうだ。だが、私はそのとき強く悟った。先生は何年間か拘置所にいなければならない。そして、私はいつかミキちゃんと離れ、一人になってしまう。きっとそうなる、と強くはっきりと感じた。いや、感じたというよりも、誰かから聞いたというような、確信に近いものだった。だが、こんなことミキちゃんに言えるはずもない。

拘置所へ通う日々

ミキちゃんは、先生からわずかなお金しか持たされていない。「どうしたらいいだろう」と私に相談してきた。彼女はお母さんから、先生についていくことを反対されていた。「何を話しても理解してもらえないから、頼ることはできない」と言う。だから私に相談したのだ。とはいえ、私がその時持っていた全財産は、たった二十六万円。少しだが、ないよりはましだ。私は、自分が彼女を助けねばならないと強く思っていた。

「私のお金を使えばいいよ」

私は彼女に言った。だが、彼女は拒んだ。

「それはできない。迷惑をかけるのは嫌だ。今後どうにかなるのか、どうしたらいいのか、明日先生に相談する」

お金を受け取ろうとしなかった彼女に、「心配しなくても、私が力を貸すから」と言い残し、私は家に帰った。

次の日、ミキちゃんは先生に相談した。案の定、先生から返ってきたのは、私からお金を貸してもらうようにとの助言だ。私は迷うことなく、当面の生活費を彼女に差し出した。その頃の私は、苦労してきた割に考えが甘かった。良くいえば純粋、悪くいえば馬鹿。相手が他人であっても、正当な理由があるならば、困っているときにお金を貸すのは当たり前だと思っていた。

それから三カ月。先生はまだ帰ってこない。思っていた通りだ。私たちは、土日以外のすべての日、まるで使命であるかのように拘置所へ通い続けた。そんなある日、朝起きるといきなり咳が出た。止まらず吐きそうになるほどだ。鼻水も止まらない。

「たぶん風邪だろう。病院に行くほどのことでもない」

私はそう思い、その日も拘置所へ行った。ミキちゃんは、私の風邪が子どもにうつらないか心配になり、先生に訊いてみた。

「風邪ではないから、うつることはない。このままここへ通い続けるように」

そう告げられ、言われた通りにした。

それから二日後、母から携帯電話に連絡があった。

「お父さんが心筋梗塞で倒れた。緊急手術をすることになったから、私を病院へ連れていってほしい」

父が倒れたのは、その日の午後三時頃だった。突然のことで驚いたのは言うまでもない。すぐに母を迎えに行き、病院へ向かった。医師からは、「命が持たないかもしれない」と告げられた。私はすぐさま亀岡の叔母に連絡した。間もなく皆が駆けつけた。

手術は十時間に及んだ。かなりの大手術だ。手術中に亡くなる可能性が高いとも言われていた。手術中、母も叔母も心配を隠しきれない。時間が経ってくると、葬儀の話まで出てきた。ただ私だけは冷静だった。

「絶対に大丈夫だから」

そう言って、私は皆を励ましていた。思った通り手術は無事成功。父は、一カ月半の入院を経て退院した。父が入院している間も、私は毎日拘置所へ通い、帰るとすぐに父の病院へ向かった。その間、拘置所へ行かなかったのは二日だけである。

父の体調が回復に向かう一方で、私の咳はなかなか止まらない。でも病院へは行かなかった。咳が落ち着いてきたのは約三カ月後。今思うと、あれは喘息だったに違いない。

後日、父から病気になったときの話を聞いた。父は手術の最中、ずっと体中が光に覆われるような不思議な感覚を体験していたそうだ。

「仏様が守ってくださったのだろう」

父はそう言っていた。だが私の考えは違った。

「総長が力を貸してくれたに違いない」

私は総長のおかげで父が助かったのだと信じていた。

神の召使いとして

その後も、私たち三人は拘置所へ通った。何となくだが、どこか神の世界に関わっているという思いがして幸せだった。だが、毎日通うのは決して楽ではない。同時に、経済的にも楽ではない状態が続いた。私は、毎月の収入から家族がぎりぎりで生活できるだけのお金を引くと、残りは封筒に入れてミキちゃんのマンションのポストに入れた。封筒には名前を含め何も書かない。私は、自分がお金を入れているとは決して言わなかった。だが、彼女は分かっている。彼女は私に感謝していたし、彼女の子どもたちも私にとても感謝してくれていた。だがそんな日々も、そう長くは続かなかった。私がミキちゃんにしていることは、支援から償いへと変わっていったからだ。

先生からは、別の前世の話を聞くことが何度もあった。その話によると、私はいつの世でもミキちゃんと関わりがあったらしい。ただ、関わるたびに、私は彼女に対して何か悪いことをしていたそうだ。彼女は、私から援助を受けていることを申し訳なく思っている。だが先生は、私がミキちゃんの力になるのは当たり前のことだと言っている。前世のことを考えれば当然、ということだ。

ある時、先生は私のことを「サタンの右腕、金の卵だ」と言った。私は自分のどこが悪いのか、よく分からない。いつ頃からか、毎日奈良へ通うことも、彼女にお金を渡すことも、彼女にしてあげることはすべて、彼女への償いであると思うようになっていた。今思えば、まるで神に遣わされた召使いのようである。それでも私は、心の奥底で淡い夢を抱いていた。いつか「お父さん」に受け入れてもらえると。最後には、先生が天で私の「お父さん」として、強く優しく、崇高な人に変わってくれるはずだ。きっと感動的な終わりを迎えられるに違いない。私はずっとそう信じ、その時を待ち続けていた。

神に対する疑念

「明日には出られる」

先生はいつもミキちゃんにそう言っていた。

「明日必ず帰ってくる」

総長もミキちゃんにそう告げていた。彼女はその言葉を信じ、待ち続けた。だが、先生はいつまで経っても拘置所から出られない。彼女は信じることに疲れ果てていた。

私は、拘置所へ行くたびに、「まだ帰れそうにないな」と思っていた。いつもその言葉が口から出かかっていたが、何とかのみ込んでいた。決して彼女を不安にさせるようなことを言ってはならない。否定的なことを絶対に言ってはならない。そう誰かに止められているような気がして、口にするのが怖かった。そうした言葉を発するのは、道を間違えるに等しいことである。そう神から固く口止めされているような感じさえした。

彼女は、自分の母親に助けを借りなければならないこともたびたびあった。「お金を返してくれ」とマンションに人が訪れることがあったからだ。そんなことが三度ほどあったらしい。先生がなかなか拘置所を出られないことと経済的な困窮が彼女を苦しめていた。

そんな状況が続く中、私はミキちゃんと話をする中で、以前自分の身に起こったある出来事を思い出してゾクッとした。それは、私がミキちゃんたちと奈良へ通い始めたばかりの頃のことだ。

拘置所へ通いだして三回目の夜、十一時頃に突然恐怖を感じた。以後、毎夜同じ時間に、決まって突然何かに対して恐怖感を覚えるようになる。自分の中から悪魔が生まれてくるかのような、自分が狂って悪魔になってしまうような、そして、恐ろしいことを叫びだしてしまいそうな、そんな恐ろしい感覚を一時間ほど味わうのだ。私は、飛び出してきそうな思いを必死に抑える。自分自身と必死に闘う。だが、負けそうな気がして、怖くて怖くてたまらない。とにかく自分を抑えるのがやっとという状態に陥る。そんな恐怖を一週間ほど体験した。そのとき、「私はここには関わってはいけない」という気がした。神の力が強過ぎるので、近寄ってはいけないと思ったのだ。

このことをミキちゃんに話した。彼女は、以前先生から「香ちゃんが悪だからだ」と聞いていた。そのことを思い出し、「実は総長は蛇なのではないか」と、話し合ったりもした。それまで読んだ本の中には、蛇や狐は強い力を持つが、邪神であると書かれていたからだ。さまざまな疑念が浮かんでくる。それでも私たちは、今歩んでいるこの道を信じて進んでいくことに決めた。いや、決めたというより、私はこの道しか進めないような気がしていた。

拘置所に通い始めて八カ月。先生と総長は、「この体験が映画になる」と言い出した。全世界が感動と涙で包まれ、イエス・キリストの伝説を超えるというのだ。さらに、ミキちゃんは「ピアニストとして全世界の人々を癒やすだろう」とも言われた。私たちは喜んだ。世界中の人たちが感動するなんて、なんて素晴らしいことか。よく私たちは映画の内容を想像し、話し合った。私は夢も見た。この体験を映画にすることで、人々の心に神の存在を示し、全世界が感動で震えている光景を。

だが本当は、彼女は、自分の信じた人が他人から犯罪者と見られている事実を受け入れたくなかっただけなのかもしれない。先生の言葉を信じ、正しいことをしていると証明したかったのだろう。

私の方は、たぶん自分が生まれてきた意味を探していたのかもしれない。事実、私はたびたび、ふと我に返って「そんなことが本当に起こるのか?」と思うことがあった。素の自分に戻ったかのように。「神の道は幻のごとく、細くて険しい」と思い込んでいたからだ。それでも私は、そんな思いを決して口にはしなかった。

先生から渡された石

先生が仮釈放され、帰って来た。ミキちゃんはものすごく喜び、安堵した様子だった。だが私は、またすぐに戻ると確信していた。まだ出られる時ではないはずだ。そんなことを思っていた夜、私は先生に呼ばれた。

「今日まで香ちゃんが出してくれたお金は、全部で百十八万円だ。これは必ず返します」

先生は私にそう言った。実のところ、私は彼女にいくら渡したのか全く覚えていない。そもそも計算すらしていなかったのだ。心のどこかで、お金は返ってこないと思っていたし、返してもらおうとも思っていなかったからだ。

ところが、先生は続けて驚くようなことを話しだした。「これから、香ちゃんはカエリを重ねることになる」と。私が宏美の通う中学校の前で事故を起こし、三人の子どもの命を奪ってしまうとのことだ。先生は、「そうやって人間はカエリにカエリを重ねていってしまうのだ」という。そのカエリを飛ばすためには、「磁気場のある土地にお金を埋める必要がある。だから、一週間で百十五万円を準備して持ってくるように」と言われた。

後から考えると、そのときの私は、自分が事故を起こすということにも、磁気場のある土地にお金を埋めることにも、少なからず疑念を抱いていた。だが、すべてが既に決まっているかのような思いが強くあり、私はお金を用意せねばならないと思った。

「分かりました」

私は素直に返事をしていた。そして、次の朝から早速行動を始めた。とにかくお金を集めなければならない。闇金融と思われる所を除き、お金を貸してくれそうな所に電話をかけまくった。車を走らせ、貸金の看板や店を探して回った。一週間で百十五万円。先生に言われた通り用意することができた。

お金を持って行くと、先生は私に真っ黒い大きな石を渡した。

「キャッツアイだ」

先生はそう言うと、これを毎日十分ほど触るよう指示した。さらに、石について説明を続けた。

「この石は、ある所へ持って行くと二百六十万円の価値になる。本当にお金に困ったときは、これを持っていくといい」

私は半信半疑だった。だが、そんな思いは決して表には出さない。私は丁寧にお礼の言葉を述べた。そのときの私には、決して償いなどという思いはなかった。先生の言うことに半信半疑だったにもかかわらず、なぜかお金は自分が用意すべきものだという思いがあった。その頃の私は仕事もしていない。しかも破産宣告を受けている。銀行やほかの貸金業者のブラックリストにも載っているだろう。それでも何とかして私はお金を集めた。お金は神が用意させたのだ、と強く思っていた。

それから私は、来る日も来る日も夜になると石を両手で持ち、心を静めた。徐々に石の色が変わっていったが、私は大して驚きもしなかった。やがて、心のどこかに靄がかかっているような感覚、何かが私に取り憑いているような感覚を覚えた。だんだん心が暗くなっていくのが分かった。だが、そのときにはもう遅かった。

初めは短時間だったが、気付けば長時間触るようになっていた。夕食を作るのが遅くなる。他の用事も手につかない。時々我に返り、無性に家族に対して申し訳ない気持ちになり辛かった。それでも私は、気付けばいつも石を触っていた。自分の中にある何かを必死で抜こうとしていたのだ。

来る日も来る日も石を触り続ける。とうとう夜も眠らず石を持つようになっていた。お風呂に入って四時間以上、追い焚きすらせず石を持って湯船に浸かっていたことも何度かある。

昼間は奈良へ行き、帰ってきて、とりあえず夕食を作り洗い物をする。家族を思ってではなく、ただ義理でやっているような状態だった。その後は子どもたちもそっちのけで石を触り続けた。放ったらかしにしている子どもたちが不憫に思えた。でもやめられない。「もうやめよう」と何度も誓うのだが、気付けば石を持っていた。その頃には石は金色味を帯びていた。不気味なものに感じたが、どうしても離すことができない。もう私は心身共に疲れ果てていた。

こうちゃんの病気

その頃、先生がまだ帰ってこないので、私は朝八時半から昼の一時頃まで産婦人科で清掃のアルバイトをしていた。借りたお金の利息だけを払い、私たち家族が生活する最低限のお金を取ると、残りは全てミキちゃんのポストへ入れた。

私たち三人は一年半ほど拘置所に通っていた。あるとき、拘置所の事情で三日間だけ奈良へ行けなかった。昼間家にいるのは久しぶりだ。私が昼寝をしていると、目の前に、ある映像が浮かんだ。薄いピンクのカーテンに白い壁……。それは病室だった。

ハッと目を開き現実に戻った。それから三十分後、ミキちゃんから電話があった。彼女はすべての終わりを悟ったかのような悲壮な声で私に言った。

「こうちゃんが、突然けいれんを起こして救急車で運ばれた」

病院で検査すると、脳が腫れていることが分かったそうだ。命が危ないという。

「こうじはもう死んでしまう」

彼女は泣きながら話した。だが、そのときも私は慌てなかった。彼女に「大丈夫だ」と言った。理由はない。とにかく大丈夫だと確信したのだ。ただ、なぜか涙が溢れて止まらなかった。

病院へ駆け付けると、彼女は心配でどうしようもない様子だった。ものすごく神経質になっていた。今の状態で奈良へ行くのはやめたほうがいい。そう思った私は、こうちゃんが入院している間、一人で拘置所へ行った。ただなぜか、一人で先生に会うのがとても嫌だった。「行かなければいけないのだ」と自分に言い聞かせ、一人で奈良へ向かった。

先生にこうちゃんのことを話すと、先生は言った。

「私が帰れば、こうじはすぐに良くなる」

そう言った三日後、先生は拘置所を出ることになった。そして病院へ行き、こうちゃんを連れて家に帰ったのだ。先生がなぜ帰ることができたのか分からない。いずれにせよ、先生は拘置所を出て、こうちゃんは病院を退院し、共に家に帰ることになった。先生が家に帰ると、途端にこうちゃんは明るく元気になったと、ミキちゃんは話していた。

先生への送金

こうちゃんの一件があってから、私は石を触らなくなっていた。私はしばらく穏やかな日々を過ごした。子どもたちに服を買ってやったり、映画に連れていったり、ユニバーサル・スタジオ・ジャパンへ連れていったり。宏美の修学旅行の準備もできた。この頃は、とても豊かな気持ちでいられたことを覚えている。だが心の中に不安が全くなかったわけではない。それでも石も触らず、子どもたちと過ごせたことで私は満足していた。

奈良へ行かなくなって一カ月も経たない頃、見覚えのある携帯番号から電話がかかってきた。嫌な予感がした。先生だ。

「今から悪魔払いをします」

当然のことを言っているかのように、先生は淡々と私に告げた。先生は言葉を続けた。

「僕の口座にお金を振り込むように」

私は、「来たか」と身構えた。「いくら持っているか」と訊かれ、私は「一万五千円しかない」と答えた。すると先生は間髪を容れず、「姑さんにお金を借りられるか」と訊いてきた。私は、「それだけは無理です」と答えながら、すぐに言葉を繋いでいた。

「結婚指輪とネックレスを質屋に入れてお金をつくります」

先生は、それが当たり前であるかのような口調で指示を出した。

「一万円だけは残しておいていい。残りは全部、私の口座に振り込むように」

その後、先生から連絡はなかった。だが、それから私は毎月、先生の口座に金を振り込むようになっていた。毎月、夫の給料と自分のアルバイトの給料を足し、そこからすべての支払いと生活に必要な分だけを抜く。そして、余ったお金をすべて先生に送金するのだ。そうしろと誰かに言われたわけではない。見えない何かによって、そう決められている。私はただ、それに従っているだけ。そんな心境だった。

私たち人間は、神という存在から見れば本当に小さな存在にすぎない。人間にとっての蟻よりも、もっと小さい存在なのだ。だが、本当に必要とするものは与えてくださる。だから、保険など掛けていても神が許さない限り何の意味もない。逆に、保険など掛けていなくても、必死になっているとき、きっと神は与えてくださるだろう。人間は小さく神妙にしていなければ、一瞬にして奈落の底に突き落とされてしまうだろう。

私は仕事に行く道中で、いつもそんなことを考えていた。賢くしていなければ、欲を捨て、我を捨て、おとなしくしていなければ、必ずやられてしまうと。それは、考えたというよりも教えられたという方が正しい。神が私に、「思い」として与えたのだ。

神についてそう信じる私ではあったが、先生が次に拘置所に入ったときは、絶対に行かないようにしようと考えていた。もう関わるべきではない、と心から思っていたのだ。

先生にお金を送る生活を三カ月ほど続けた。それでも、土日は、バイトから帰ると夫と子どもたちに昼食をつくってやることができた。毎日夕食を食べるのに困ったこともない。だが、一カ月を終える頃には、千円も残っていなかった。

私はとにかく、毎日今までにしたことがないくらい一生懸命働いた。収入は月九万円ほどにしかならなかったが、金額は大した問題ではない。今の生活が続けられればそれでいいと思っていたのだ。

そんなある日、ミキちゃんから電話があった。先生が拘置所へ入ったという。私は二度、「もう行くのをやめた方がいいと思っている」と言った。だが、彼女はこう答えた。

「今度は早く出てこられるし、もうお金も必要ない。だから来てほしいと先生が言っている。お願い、一緒に行こう」

私は、先生の口座にお金を振り込んでいることを、ミキちゃんには言わなかった。絶対に言ってはいけないような気がしていたのだ。彼女に事実を隠そうとしていたことも、行くのを拒んだ理由である。だが結局、私は彼女の誘いを受け入れていた。

次の日から、私たちはまた奈良へ通うようになる。その頃には、もう先生に関わることは私の喜びではなかった。ちょうど子どもたちは夏休みに入っていた。毎日、家に子どもたちを置いていかねばならない。子どもたちを自分の犠牲にしているような気にさえなっていた。

妄想のはじまり

以前、私は先生から、「香ちゃんにもそのうち神の声が聞こえるようになる」と言われた。それを聞いたとき、私は素直にうれしかった。だが、一方で不安がなかったわけではない。神の声が聞こえるようになると、怖い体験をしてしまうのではないだろうか、私は普通でいられなくなるのではないか、そんな心配があったのだ。だが、先生からは「それは考え過ぎだろう」と言われていた。実際、その頃はまだ、神の声が聞こえることへの期待の方が少し勝っていたのだ。

先生からはこんなことも言われていた。

「香ちゃんにトクヅミを教えてあげるから、旦那さんや子どもたちにもそれをやってあげればいい」

私は昔、なぜか「徳を積まなければいけない」と心から思っていた。だから、先生からいつ教えてもらえるのだろうと、ずっと心待ちにしていたのだ。

一方、ミキちゃんからも神についての話を聞いた。まだ人間が神々とともにあった時代、コクチ教と呼ばれる宗教があったらしい。その教祖は神で、そこにいる者は皆、神々と話すことができた。その神の娘がミキちゃんなのだそうだ。ミキちゃんは、そのお母さんである神とも交信していた。

ある日の夜、私はミキちゃんに呼ばれた。彼女のところへ行くと、神の声を伝えてきた。その声によると、どうも私は今からカエリを受けるらしい。カエリは長い期間にわたるが、途中で一旦明けるとのことだ。総長は、「現実は厳しい、頑張るように」と助言してくれた。ミキちゃんは心配した様子だった。

それから間もなく、こうちゃんがまた入院した。私はミキちゃんの代わりに奈良へ向かう。面会すると、先生はすぐに口を開いた。

「今度は、俺が帰らなければ、こうじは死んでしまう。それでもいいんですか。こうじが死んだら許さない」

私に怒りをぶつけるかのように、先生は強い口調で私に言った。そして、「俺がここから出るには、保釈金として四百五十万円が必要だ」と続けた。

次の日、私は奈良へは行かず、病院でこうちゃんを看ながら、ミキちゃんの帰りを待った。お金は自分が用意しなければ駄目なのだと思い悩んでいると、ミキちゃんが病院に戻ってきた。先生はミキちゃんに対して、「必ず何とかしてお金を用意するように。必ず用意できることになっているから」と言ったそうだ。だが、私は四百五十万円をどうやって用意すればいいのか分からない。もちろん彼女も分からない。

彼女は、「とりあえず二百五十万円を用意する」と言った。最初の結婚相手との間に生まれた二人の子どもに掛けていた学資保険を解約するというのだ。だが、それでもあと二百万円足りない。私も夫も子どもたちも、保険には入っている。ただ、それは入院すると一日にわずかばかりのお金が入る掛け捨ての保険だ。解約してもお金は入ってこない。もちろん貯金もない。それでも、私が何とかしなければという思いを強く抱いていた。

その頃の私は、少し頭がおかしくなっていた。頭の中で延々と妄想が浮かび続けるのだ。自分で止めることはできない。妄想と同時に、恐怖が体中を包み込んでいた。次から次へと湧いてくる妄想の中で、私は姑に電話しようと決意していた。

姑は、多少気性の激しいところはあったが、面倒見の良い優しい人だった。とはいえ、気安く金の無心を申し出られるような関係でもない。私は姑に気を遣っていた。姑に頼ることは、私にとって相当な決心を要することだった。だが、もうそれしか方法がない。妄想にさいなまれながら、私は姑に電話をした。そして、今すぐ二百万円用意しないと、こうちゃんが死んでしまうということを伝えた。事情を聞いた姑は、とても心配してくれたが、色よい返事はくれない。

「何とかしてあげたいが、そんなお金は持っていない」

姑に期待しながらも、断られることは予想していた。他の誰かに助けてもらうことも考えたが、頼るあてはない。結局、二百万円はミキちゃんが自分の親から借りることになった。

「こうちゃんが死んだら、お母さんのことを死ぬまで恨む」

ミキちゃんは、親を脅迫するかのような言葉で、何とかお金を出してもらった。それを聞いて、私はいたたまれない気持ちになった。だが仕方ない。私も、自分の子どものことだったら恐らくそうしただろう。

トクヅミの意味

私は、先生に指示を仰ぐため、すぐに奈良へ向かった。相変わらず妄想は止まらない。車で行く最中にも、妄想はずっと続いていた。私はどうやって運転して行ったのか、全く覚えていない。私は頭の中で、先生との会話を妄想していた。

先生はトクヅミをしている。そのトクヅミとは、私が想像していた「徳積み」ではない。それは、お金を人から借りることであり、さらに借りたお金を返してはいけないということだ。先生はミキちゃんの分の借金も被っており、借りた大金を用意して総長に渡すことができている。そして、次は私の番で、七百五十万円を用意しなければならない。そうしなければ、この世界からは抜け出せない。絶対に……。

そんな妄想を抱えながら、私は先生と面会した。そして慌てて尋ねた。

「先生、トクヅミとはお金を借りることなんですか？　そのお金は返してはいけないんですか？」

するとと先生は、「そうやで」と言うのだ。妄想した通りの答えに、私はたじろいだ。私は、自分の身に何が起きているのか理解できなかった。恐ろしい。ただ恐ろしい。とんでもないことになってしまった。

その後、自分がどうやって帰ったのか、そして帰った後、何をしていたのか、全く思い出せない。覚えているのは恐怖の感情だけだ。不思議と、体だけは正常に動いていたのだろう。

次の日、私は先生の指示に従い、一人で電車に乗って大阪の弁護士に会いに行った。ミキちゃんからも、一人で行ってほしいと懇願されていたのだ。私は、弁護士とともに仮釈放の手続きをした。そして、先生を拘置所から出した。だが、自分が弁護士と何を話したのかは全く覚えていない。いろんな書類を準備して仮釈放の手続きをしたのだろう。ただ体だけが勝手に動いているような状態だった。

しばらくして、ミキちゃんからメールが届いた。こうちゃんが退院し、無事に家に帰ることができたとのことだ。しかし、そのときの私に、メールを返信する余裕などなかった。私の心は恐怖心だけで満たされていたのだ。さまざまな妄想が次々と湧いてきて、頭の中を駆け巡る。まるで実際に見たかのように、まるで実際に聞こえたかのように。

お前は最低ランクの因縁を背負っている。お前は死ねない体にされている……。そんな現実離れした妄想、自分の人生を物語るかのような妄想が、絶え間なく襲ってくる。今となっては細かいところまでは思い出せない。ただ、私がどうしても受け入れられなかったのは、自分が死ねないということだった。

妄想の中で「嫌だ」と叫ぶことはできない。ただ流れてくる恐ろしい話を、ただ「怖い、怖い」と怯えて聞くしかない。そんな状態だ。ホラー映画を観て、怖いと思うのとは訳が違う。神という存在に、これから起こる自分の恐ろしい人生を見せられ、聞かされているようだ。なによりも、人生が終わらないということが、一番の恐怖だった。

大阪から帰る電車の中、私はずっと妄想にさいなまれていた。終着駅に着いても降りることなく、五時間にもわたって何度も同じ線路を行き来していたらしい。何とか降りることができたとき、既に日は暮れていた。

「何とか七百五十万円を用意しないといけない。何とかしないと」

私はずっとそんな思いを抱えながら電車に乗っていた。そして電車を降り、駐車場に停めていた車に乗り、なぜかコンビニへと向かった。「家族のお弁当を買って帰らなければ」と私は思っていたのだ。そもそも、自分の中で恐ろしいことが起きているときに、家族の夕食など用意するものなのか。今思えば明らかに異常である。そんな不可解な行動を、そのときはおかしいとは思わなかった。ただしなければいけないと思うことを、恐怖に駆られながら、ただ必死にしていたのだ。そんな行動を自分で異常と気付くのは、もっと後になってからだった。

なかなか帰ってこない私をミキちゃんは心配していた。ようやく帰ってきた私を、彼女は電話越しに叱った。

実は、私は大阪に向かう前、ミキちゃんに向かって手を合わせ、「今までのことは許してください。どうか死だけは与えてください」と祈るようにお願いしていたのだ。ミキちゃんは、私が自殺するつもりだと思い、お弟子さんに相談した。彼女は、お弟子さんを通して「香ちゃんは死んだりしない」という先生の言葉をもらい、それで安心したとのことだ。でも、私はなかなか大阪から帰ってこない。それで不安を感じていたのだ。そんな話を電話で聞いた私は、自分のしていた行動を知り、さらに恐ろしくなってきた。

この出来事があって以降、私はミキちゃんと会っていない。先生にお金を振り込むのもやめた。

やむことがない妄想

次の日、私は仕事へ行き、とにかくお金を用意しなければいけないという脅迫に従い、一人の看護師さんに「一万円貸してもらえないか」と尋ねてみた。だが、返事はノー。次に、婦長に「相談がある」と言って話しかけた。「給料を五十万円前借りできないか」と訊いてみた。当然のごとく、こちらも返事はノー。その後、東京に住む数少ない高校のときからの友人に借金を申し出た。ここでも返事はノー。京都の友人にも同様に断られた。

両親がお金を持っていないことは分かりきっていた。気付くと、昔よく一緒に遊んでいた夫の友人の奥さんに連絡していた。

「パチンコで借金ができた。どうしても返せないから、三百万円貸してくれないか」

そう頼んでいた。以前に、その夫婦が貯金を六千万円持っていると聞いていたからだ。だが、冷たく突き放された。「もう付き合いはやめる」とまで言われた。

亀岡の叔母にも「百万円貸してほしい」と頼んだ。ここでも答えはノー。その後、貸金業者を手当たり次第当たったが、すべて断られた。

仕方がないので、石を質屋に持っていくことにした。車で質屋へ向かう途中も、ずっと恐ろしい妄想ばかりが湧き出てくる。

質屋に着き、「この石はいくらで買い取ってもらえるか」と訊くと、店員に笑い飛ばされた。

「これはただのガラス玉だ」

質屋の店員は素っ気なく言った。私も、「こんなに大きい天然石などない」と、どこかで分かっていた。でも、そのときは藁をも掴む思い。ガラス玉だと言われ、はめられたと思った。

その後も恐怖は止まらなかった。夜になっても眠れない。頭の中で声がずっと流れているような、そんな妄想が続いた。怖い、怖いと、ただじっと耐えるしかなかった。

次の日も妄想は続いた。

私は大勢の人を殺し、刑務所に入ることになる。家族はどこにも移り住むことができず、ここに残る。里花は友達を失い、リストカットばかり繰り返す。ずっと結婚もしない。ただ「死にたい、死にたい」と言い続けながら、百三十歳まで孤独の中で母を呪いながら苦しみ生きていく。宏美は事故に遭って脳死状態に陥るが、八十七歳まで地獄をさまよう。夫は事故に遭って片足を失くし、仕事もできず、この家で一人で暮らす。近所を歩くこともできず、孤独に苦しみながら生きていくことになる。私は、「刑務所から出るとすぐに消え、地球の底に永遠に閉じ込められるという、終わりのない無限地獄に堕ちるだろう」と脅迫された。私はすぐに離婚届を取りに行った。離婚しておけば、たとえ私が人を殺してしまっても、家族にかける迷惑が少なくて済むかもしれないと思ったのだ。私はサインをしたが、夫には事情を話しても信じてもらえなかった。私が用意せねばならない金額が、どんどん、どんどん上がっていく。その頃には、家族の身代金だけで六千五百万円を用意しなければならなかったのだ。私は、姑に「家と土地を売って、家族を救ってくれ」と土下座して泣きながら頼んでいた。その前に、私は人を殺さないよう、ハサミで目を突いた。だが、眼球はハサミを押し返す。包丁で首を切ろうとした。だが、胸を突こうとしても刃が入っていかないのだ。そこで、飛び降りる場所を探して歩き回った。やっと場所を見つけて飛び降りようとしたが、どうしても出来ない。恐ろしい神を怒らせてしまったようだ。だが、せめて家族だけでも何とかなるのではと思い、家と土地を売って、先生の所へ持っていってほしいと切願した。しかし、姑は困った顔で「そうか、そうか」と聞くだけだった。私は、「普通に生きている人にしてみたら、そんな現実離れした話は、信じられないんだな。頭がおかしくなったとでも思われているんだな」と悟った……。

そのときには、既に目に見えない者からの《声》が聞こえていた。だが、私に聞こえている自覚があるわけではない。ただその《声》に動かされているだけだった。

夜は眠らず、ただ聞こえてくる《声》に怯えるばかり。体を横たえ、静かにじっとしている。恐怖に耐えながら、時間が過ぎていくのをただ待つだけだった。

妄想と現実のはざまで

次の日の昼、里花が風邪をひいたようだ。「薬ない？」と訊いてきた。そのとき、《声》は私に言った。

「里花を百三十歳まで苦しめてほしくなければ、押入れに入れてある薬を大量に飲ませ、今ここで死なせてやれ」

私は、痛み止めの薬を大量に持っていた。以前、「悪魔払いをする。その後、体中を激しい痛みが何カ月も続く」という《声》に動かされて買ったものだ。《声》を聞いた時点で、その薬は睡眠薬だと思い込んでいた。私は、三十錠ほどの痛み止めを慌てて里花に飲ませた。その頃、娘は中学一年生。そんな大量の薬を疑いもせず飲んだ。すると、《声》は言った。

「大変なことをしたな。そんな薬を飲んだくらいで死ねるわけがない。今すぐ姑に言って、救急車を呼んでもらえ」

私は騙されたと思い、大きな声で姑を呼んだ。すぐに救急車がやってきて、家の前に止まった。私と姑は里花とともに救急車に乗り、病院へ向かった。その車中で、私は必死の形相で姑に言った。

「先生は蛇だ！　絶対に里花に会わせないで」

私はずっと、自分が先生に動かされていると思っていたのだ。姑は、私が娘に薬を飲ませたことを怒っていた。だが、私の思いを汲んで、姑は軽くうなずいてくれた。

救急車が病院に着くと大騒ぎになった。医師らは、里花に水をたくさん飲ませようとバタバタしている。「そんな薬を飲んだくらいで死ねるわけがない」という言葉の意味を、私はようやく理解した。睡眠薬ではなく痛み止めだったことに気付き少しホッとした。里花は家には帰らず、一週間ほど入院することになった。

その日の夜、姑は実家の父を呼んだ。私は何を言われても答えず、ずっと黙っていた。もう何も言う気にならなかった。話したとしても信じてもらえない。

翌日、私たちは警察の生活安全課の人と話し合うことになった。私は娘を殺そうとした母親。皆はきっと私のことをそう思っている。家族は皆、私のことが信じられないだろう。否、怖い人間だと思っているかもしれない。私は「精神科の病院に入院する」と言った。自分が病気だとは思っていなかったが、病院に閉じこもっている方が、人を殺さずに済むかもしれないという、逃げるような気持ちだったのだ。

私は、病院から出されてしまうのではないかと不安に思ったので、家族には「見舞いに来なくていい」と言った。

私は、「もう病院からは出ない」と言ったが、《声》は、「そうはさせるか」と返した。

その日の夕方、私は夫に連れられ、京都の宇治市にある大きな病院へ向かった。里花の退院を待つことなく。

病院へ行く途中も《声》はやまない。

「病院なんかに逃げても無駄だ。必ず抜け出させて、人を殺させてやるからな」

そう脅迫された。

病院に着くと、担当の医師は私からいろいろな話を聞き出した。私は必要最低限の話しかしない。その後、病名が告げられた。

「統合失調症です」

そのまま入院することになった。

第四章　神の裏切り

病室で過ごす日々

私は、診察を受けると、すぐに個室へ案内された。部屋の広さは三畳ほど。とても狭く、怖く感じた。室内にはベッドだけが置いてあった。壁はコンクリート。ドアは二重構造の重々しいもので、横幅二十五センチほどの長方形の窓が付いていた。夫は、入院に必要な物を売店へ買いに行ってくれた。

夫は、買い物から戻ってくるとしばらくして、「そろそろ帰る」と言った。私は、その狭い部屋に一人残されることをとても不安に思った。だが、相手は神である。夫に甘えようが、「助けてくれ」とすがろうが、どうにもならない。そのまま夫を帰した。夫は私に優しくほほ笑み、「大丈夫だ」と言ってくれた。

「何が大丈夫なのだ?」

私がそんな疑問を感じながら夫を見送ると、看護師はすぐに二つのドアに鍵を閉めた。ドアは重厚な鉄製だ。私は恐怖心を抑えながら、病室の中を何度も何度も行ったり来たりした。途中、看護師が夕食を持ってきたが、そこでは何も口にしない。

「普通の人間は、食事をしなかったら、やがて死んでしまう。だが、お前は死なない。食べるな。一口も口にするな」

そう言われたので、夕食を見ようともしなかった。もちろん、食べなければ空腹と喉の渇きは癒えない。だが、死ぬことはない。その後は不思議とお腹が空くことはなく、喉も渇かない。結局、私は約十日間、何一つ口にすることはなかった。

「薬は、飲むと眠くてフラフラになるぞ」

そう脅迫されていたので、看護師の目をかすめ、決して飲まなかった。

病室の中で、私はいろんな話を聞かされた。話は日によって違っていたが、その都度、その都度、真剣に聞き入った。

ある夜聞いた話は、こうだ。

大昔のこと、前世で私の父は魔術が使えた。まだ私が幼い頃、先生とミキちゃんはその魔術で石にされてしまった。ミキちゃんのお腹には赤ちゃんがいて、先生は「妻と子だけでも助けてくれ」と祈った。だが、父はその願いを聞き入れず、ミキちゃんとその子は死んでしまう。そのときの子がこうちゃんだという。残された先生は石にされたまま、しばらく父のそばに置かれていた。ところがある日、私が父に、「気持ちが悪いから何とかしてくれ」と頼み、父は石にされたままの先生を、地中深く埋めたらしい。そして私たちが死んだ後。何と五百年もの間、石のまま生かされていたのだ。そのことをあまりに哀れに思った大神ゼウスは、先生を神にした。そして、今世で私を不死にし、永遠に底に閉じ込める。それで、先生は地獄から私を追いかけてきたということである。先生を石にした父については、何と先生の手下になることで許されたというのだ……。

私は心の中で必死にあがいた。どうして石にした者はそんなことで許され、私は不死にされ永遠に地獄を見るのか。理解出来なかった。

「私も五百年後には、それが無理でも、どうか終わりだけは与えてください」

そう願った。病室を行ったり来たりしながらも、やがて恐怖で立っていられなくなる。すると私は、素早くベッドに飛び乗り、土下座して必死に祈った。約十日間、一睡もせず、何も口にすることもなく、看護師が来るとき以外は、朝から晩までずっとそんなことを繰り返していた。

入院して二日目、両目が痛くて開けられなくなった。こんなときに目が痛くて開けられない。無理に開けると、両目が焼けるように痛かった。「あのとき、ハサミで目を突いたからだ」と思った。

でも、ようやく私は気付いた。もう一カ月ほどコンタクトレンズを外していない。すぐにコンタクトレンズを外した。痛みは全く治まらなかったが、何とかかすかに目を開けていられるようになった。私は元々視力が大変低い。目に映る周りの景色はぼやけている。気分が暗くなり、ずっと聞こえてくる恐ろしい声に振り回された。

脅迫を続ける《声》

ある夜は、こんな話を聞いた。

かつて、ミキちゃんはコクチ教の神の一人娘で、私は地獄にいたそうだ。二人は同い年。なぜか気が合い、よく話をしたという。ミキちゃんはまだ幼かったが、とても優しい。ある日、私が甘えた声で彼女に「一日だけでもいいから、外に出たい」と言った。彼女は、母親譲りの特別な力を持っている。私を哀れに思った彼女は、一日だけという約束で私を外に出してくれた。だが私はその約束を破った。彼女を裏切り、そのまま帰らなかったのだ。神に内緒で、勝手に地獄の釜の蓋を開けてしまったミキちゃんは、罰として石にされた。母である神は嘆き悲しみ、先生に命じ私を追わせた。今世で私を見つけ出し、永遠の地獄に入れるためだ。私は、「なんてことをしてしまったのだ」と、心から悔やんだ。取り返しがつかないことをしてしまった。もう逃げられない。だが、不死になるわけにはいかない。何とかしなければ……。

毎日毎日聞かされる恐ろしい話は、その日によって内容が異なっていた。だが私は、そのたびごと、無我夢中で祈り、許しを乞うた。話が違っていることなど全く気にも留めなかった。あるときは、「地上にだけは置いてくれ」と祈ったし、またあるときは、「底に行くならせめて気だけは狂わしてくれ」と祈ったり、また別の日は、「眠りだけは与えてくれ」と祈ったりした。祈りの言葉は、そのときの脅迫によって違ったが、結局、終わりが来ないことを恐れた。

私は、床にひれ伏して強く強く祈ったが、《声》は決して許さなかった。

「お前は地に埋められ、地球の底に閉じ込められ、眠ることも狂うこともできず、生まれてきたことを呪う。後悔しても、後悔してもしきれない。終わりのない恐怖の中で、先のことばかりを恐れ、体は痛み、寒さに激しく震える。暗闇の中、何度も何度も幻を見ては怯える。魔物たちはお前に言うだろう。『心臓を取り出せ。そこに一つのスプーンが置かれている。そのスプーンで自分の体を開き、内にある心臓を取り出せ』と。だが、そんなことを神がさせてくれるはずがない」

《声》はそう言う。

入院して十日ほどすると、一日四時間だけ部屋の鍵を開けてもらえた。テレビのある広間に出ていいということだ。そこには、他の人もいる。鍵が開いている間、私は三階の廊下を無言でひたすら歩いた。必死で歩いていれば、恐怖が少なからず抑えられる気がした。

その精神病院は、一階ごとに厳重にいくつもの鍵が掛けられていた。外には出られない。当然どこへも行くことはできない。だが《声》は私を脅迫した。

「大丈夫だと思わない方がいい。すぐに外に出させて、巧みに人を騙し、すり抜け、必ず人を殺させる。お前の顔は日本中に知れわたるだろう。二十三年間刑務所の中で脅迫され、出られたと思ったら、すぐに底へ連れていってやるからな」

額と前頭葉の辺り、そして奥歯全体と胸の周辺に、木工用ボンドの硬くなったような物が付けられている。これは「憑依」だと聞いた。私が初めて《声》を聞いたとき、気付いたらそうなっていたのだ。

「言葉も脳も心もすべて俺が繰る。俺の許しなしでは死ねない。決して許さない」

歯に違和感を覚え、何度も噛んでしまう。頭痛がしてくるほどだ。神は、私に憑依しているのだと言っているのだ。

久しぶりの帰宅

ある日、一人の看護師が近寄ってきて、私に告げた。

「もう入院して一カ月が過ぎたから、今日から大部屋に移りましょう。それから、看護師の付き添いがあれば売店へ行ってもいいですよ」

個室を出て大部屋に移る。私はうれしかった。移動を終えると、すぐに私は売店へ行くことにした。もちろん看護師に付き添われて。私はチョコレートを一つ買った。そのとき、ふと私の頭をある考えがよぎった。この看護師から逃げ出し、電動ノコギリを見付け、自分の両腕を切り落としてしまえば、人を殺さなくて済むのではないかと。すると《声》は言った。

「自分の腕を切り落とそうと電動ノコギリを手にすれば、それを振り回して多くの人に襲いかかるだろう。そうなれば何人もの人を殺すことになる。やめておけ」

私は病室へ戻った。すると、そこには家族がいた。夫が子どもたちを病院に連れてきてくれたのだ。元気そうな顔の里花。それを見て安心した。「大丈夫？」と訊いてくれる宏美。その優しい声にうれしさが込みあげてきた。夫は私が喜ぶと思い、大きなアイスクリームを買ってきてくれた。それを私に渡すと、夫は話し出した。

「先週の日曜日、君のお母さんの実家の墓参りに行ったよ。母を連れて。皆で行ってきたから、もう大丈夫だ」

私はこれまで、母の実家の墓参りに行ったことがない。夫は、祖先に何か原因があるのではないかと考えたのだ。私は、とりあえずお礼を言った。だが内心、「そんなことをして何の意味があるのだ」と思っていた。

久しぶりに家族の顔を見られたことは正直うれしかったが、私はほとんど何も話さなかった。明るく話をする気になどなれない。それに、家族といる間もずっと《声》が聞こえていたからだ。

次の週になると外出を許可された。その前日、私は声にこう言われていた。

「明日家に帰らせてやるから、心臓を取り出してみろ。絶対に無理だ」

当日の昼前、私は家に帰った。家では、姑が手料理を用意してくれている。久しぶりに家族皆でとる食事だ。だが、団欒を楽しむことはできない。皆と一緒に食事をとっていると突然、肩にある生まれつきの痣が気味悪く動き出したのだ。その動きは次第に激しくなっていく。私は何度も肩に手をやって振り払おうとした、そうしている間に、また脅迫が始まった。

「この痣には因縁が付いている。姑にもう一度、家族の身代金を用意してくれるように頼め」

もちろんそんなことはできない。私は無理だと分かっているのに、気付くと姑を別室に呼び出していた。なぜか怖くなって土下座をした。

「家を売ってお金をつくり、先生の所へ持っていって家族を助けてほしい」

私は姑にそう頼んでいた。姑は困ったように、「そうか、そうか」とうなずくだけだった。

その日は、日が暮れる前に病院へ戻った。

後日、再び外出することになった。入院してから二度目の帰宅。その日は、夜まで家にいた。家にいるときも、《声》の脅迫はやまない。それに聞き入り、私はおかしな行動を取る。そんな状態でありながら、なぜか私は、家に着くなり部屋をサッと片付けだすのだ。そんな自分が不思議だった。

その夜、私は病院へ戻るため車に乗った。その手には包丁が握られている。私が家から持ち出したのだ。そのときも、私は死ぬことを諦めてはいない。この包丁を病院へ持ち込み、胸を刺そうと思った。だが声は言った。

「お前は気が変になり、詰所にいる看護師たちを皆殺しにするだろう」

自分が包丁を持っていることに急に恐怖を感じた。私は慌てて包丁を車のシートの下に隠した。夫に見つからないように。やがて病院に着いた。私は、包丁はそのままにして車を降りた。

三度目の外出。私は前と同じように、家に帰るつもりでいた。だが、迎えに来た夫は言った。

「母が、『香ちゃんが怖い。しばらく帰ってきてほしくない』と言っている」

思わず溜め息が出た。同時に、孤独感と怒りが私の胃をキリキリと締め付ける。結局、人は一人だと悟った。

《声》に振り回される毎日

「俺は五千年後の未来からやって来た。お前は、石にしてしまったミキを毎日、毎日朝から晩まで見つめ、許しを乞い、『せめて一度だけでも笑ってくれ』と祈り、後悔し続けている。五千年もの長きにわたって。そんなお前の姿を見つけ、俺は哀れに思わずにはいられなかった。神に頼み込み、今世に生まれ変わって道を変えてやろうとした。だが、俺の導きもむなしく、お前はまた失敗を犯してしまった。もうチャンスはない。せめて一週間に一度だけでも、石になったミキがお前にほほ笑みかけ、心が少しでも癒えるようにと力を貸した。だが無駄だった。俺はもう未来へ帰る」

私はまた後悔を始めた。

「なんで私はこうなのだろう。何をやっても失敗する。何をやってもうまくいかない。いつも同じだ。一体何が駄目なのか。私は最低な人間だ」

そう後悔すると同時に、「絶対に終わりがないなんて嫌だ」と心の中で叫んでいた。

その後も依然として、《声》に振り回される日々は続いた。外出の際、家から包丁を持ち出し、病室のベッドの中に隠し持っていたこともある。私は死のうと思っていた。絶対に死なないといけないと思っていた。だが、いざ包丁を胸に突き刺そうとしても、手が思うように動かない。心がためらうのだ。そんな自分がおかしいと思った。それでも諦めては駄目だと思い、何度も何度も挑戦した。そして、ようやく胸を突いたと思ったが、傷はわずか一センチ程度の深さ。そんな自分に《声》はささやいた。

「それ以上無理だ。その傷は縫ってもらわないと治らない。だが、詰所に行って事情を説明したら大事になるぞ。もしそんなことを知られたら、家族はもうお前を諦めるだろう」と。

私はタオルで血を拭き、傷にバンドエイドを貼った。血はすぐに止まった。痛くもない。傷口は一週間ほどできれいにふさがっていた。

せめて地上に残ることだけでもできないか、といろいろな方法を考えたが、いつも《声》は言った。

「抵抗しても無駄だ」

そんな日々が二カ月ほど続いたある日、急に《声》が聞こえなくなった。私はしばらく様子を見た。やはり《声》は聞こえない。私は夫に電話し、病院に見つからないように携帯電話を持ってきてくれるように頼んだ。夫は承諾し、次の日、持ってきてくれた。早速その夜、私は宏美にメールを送った。「私は人を殺さなくて済むように思う。刑務所には入らないような気がする」と。

以前、私はよく宏美と里花には神のことを話していた。拘置所に通っている理由も、大まかにではあるが説明していた。そんな私がおかしくなってしまったことを、二人はとても心配していたのだ。特に、宏美は神を怖がっていた。でも、統合失調症という病気があることを聞いてからは、私が病気だったと理解したことだろう。それでも宏美は、「よかった〜、私は毎晩夜空を見上げては、お母さんが助かるように祈っていた」と返信してくれた。私は「救われた」と安心した。

だが次の瞬間、すぐに不安に襲われた。

「果たしてそうか？　本当に終わったのか？　いや、そんなはずはない」

私はそう感じた。

「今ここで時間が止まってくれたら、幸せでいられる。この時間のまま時が止まってくれたらどれだけいいだろう。それが無理なら、子どもたちが小さく小さくなって、私の懐に入り、一緒に連れていきたい。そんなことができたらどれだけ心強いだろう。でも、そんなことを祈っても無駄だ。そんな願いが聞き入れられるわけがない」

私は、今感じた幸福が続くことを、ただ祈り続けた。

退院後の生活

個室を出て以降、私はよく広間で過ごした。そこでテレビを見ていた。だが、テレビに映るのは幸せにやっている人ばかり。中でも、皆が好んで見ていたヒット曲や懐メロなどの音楽番組は、苦痛でしかなかった。

「音楽など、心にまだ余裕がある者が聞くものだ。歌など、心が落ち着いている者が歌うものだ」

私はそう思った。

そんなある日、一緒にいた患者の一人がテレビを見ながら私に言った。

「しんどいときはアニメを見るようにしている。アニメは何も考えなくていいからいい」

私は「そうかー」と、妙に納得した。これ以後、私はアニメを見るようになった、その習慣は今も続いている。

テレビを見ても面白くない。むしろ苦痛を感じる。アニメも、ただ眺めるだけ。広間の椅子に座りながら、私はいつも同じようなことばかり考えていた。

「私はこれからどうしたらいいのか。この先どうやって生きていけばいいのか。私にはもう喜ぶことも笑うことも、泣くことさえもできない。人を愛することなんて無理だ。とにかく普通ではいられない」

私は、もう何年も入院している患者を見ては、「この人の方がよほど人間らしい生き方ができている」と思い、うらやましく思った。そんな否定的な思いにさいなまれながらも、《声》は聞こえてこなかった。

入院生活も三カ月を過ぎた頃、退院の話が出た。私は「まだ退院しない」と夫に言ったが、夫は「大丈夫だ、子どもたちも自分も、帰ってきてほしいと思っている」と言ってくれた。「退院してもいいのか」と心の迷いは消えない。一方で「この暗い病室から抜け出したい」との思いも強かった。

私は退院を決意した。病院を出た日はクリスマス。家に帰ると、姑が夕食を用意してくれていた。そして、その日は子どもたちと夫と、一つの部屋に布団を二枚敷いて眠った。これからは落ち着いた生活を送ることができる。そう思った。だが、そんな幻想はそう長くは続かなかった。

次の日、また《声》が聞こえてきた。もう聞こえてこないと思っていたあの《声》が。私は内心ホッとした。なぜか。私には、まだ許しを乞う必要があったからだ。許しも得ていないのに、そのまま生き続けるわけにもいかない。実は、《声》が聞こえなくなったとき、安堵した一方で、「どうしたらいいのだ」と途方に暮れていたのだ。

その日からまた、私のおかしな行動が始まった。家族が私に話し掛けても、私は《声》の命令に従って無視することがあった。《声》を恐れ、所構わず土下座して祈ることもあった。祈るといっても、命乞いをするわけではない。普通の人は神に命乞いする。「死にたくない」と願うのだ。だが、私の場合は「死乞い」である。自分に死を与えてくれと請い願っていた。

そんなある日、離れの部屋で、姑が突然大声で泣き出し、「悩んでいることがあるなら話してくれ」と言っているのが聞こえてきた。明らかに私に対して言っている。夫が私のところに来て「母が呼んでいる」と告げた。だが、私はどうしても行きたくない。布団に入り、そこから出ることを強く拒んだ。行って話をする気になどなれない。私が何を悩んでいるのか。そんなこと口に出す気になれない。それ以前に、話してどうなるのか。人間に私を救うことなどできない。誰も私を助けることなどできないのだ。

私が布団の中にこもっていると、子どもたちが私のそばに来た。

「気にすることないよ」

子どもたちは揃ってそう言ってくれた。里花は「一緒に寝てあげる」と、布団の中に入ってきた。宏美は「おばあちゃんに話してきてあげる」と言ったが、私は「何も言わなくていい」と宏美を止めた。布団の中にいた私は、いつしか眠りに落ちていた。気付いたときには、深夜の二時を回っていた。目が覚めると、子どもたちに対して申し訳ない思いでいっぱいになった。自分のことで心配させてしまった。このときはとても辛かったことを、今でも覚えている。

死に対する渇望

「死乞い」は夜中も行った。寒い冬の夜でも。私は冷たい床の上に正座し、朝、家族が目覚めるまで《声》に怯えながら祈り続けた。正座した両脚が痛み、しびれ、感覚がなくなっても、私は決して足を崩すことはなかった。祈りはいつも、声には出さず静かに心の中で会話をするかのごとく行った。家族に悟られぬように。

それまでにも私は、何度も先生のマンションを訪ねようとした。死を与えてもらえるよう、許しを乞うために。だが、そのたび《声》は私に告げた。

「行ったとしても、俺はとぼけたふりをして、絶対に願いを聞き入れることはない。お前が一人になったとき、俺は『地獄に落ちろ』と言うだろう。その声にお前は恐れ、訳が分からなくなり、次々と人を殺していくだろう」

そんな脅迫に怯えた私は、許しを乞いに行くことすらできなかった。そんなある日、《声》は驚くようなことを言った。

「俺はもうお前の手の届かない所に行った。全国のどこを捜しても見つからないだろう。お前は俺を見つけることもできず、許されないまま底に連れていかれる。俺はあのマンションから引っ越したのだ。この街を出ていったぞ。嘘だと思うなら電話してみろ」

私は怯えながらも、すぐに電話をかけた。三度のコールの後、ミキちゃんが出た。ミキちゃんと言葉を交わすのは久しぶりだ。私からの電話に彼女は驚いていた。彼女が先生から何も聞かされていないことは知っていたので、私はすぐに先生を呼んでくるよう頼んだ。すると彼女は答えた。

「夫はまた拘置所に入っている」

その瞬間、私は「やはりな」と思った。同時に「しめしめ」とも思った。「拘置所へ手紙を出したいから住所を教えてほしい」と頼んだ。ミキちゃんは、拘置所の所在地を教えてくれた。

私は受話器を置くと、すぐにコンビニへ車を走らせた。封筒と便箋と切手を買うためだ。家に帰ると、すぐに子どもの勉強机に向かい、早速手紙を書いた。家族はそんな様子を見て、心配そうにしていた。私がまた妙なことを始めたのではないかと。だが、私は全く気に留めなかった。

「死を与えてください。せめて、せめて五千年で消滅する脳をお与えください。私の今までの行いをお許しください。私は醜い醜い蛆虫だ。だがそれでも、どうか死だけは奪わないでほしい」

そんな内容の手紙を、便箋三枚ほどにまとめた。だが、書いている途中で何度も素に返った。こんなこと、冷静に手紙に書いている場合なのか。私にはこんなことしかできないのか。そんなことを思いながら書き上げた手紙を封筒に入れると、すぐに投函しに行った。

数日経っても返事は来ない。私は何度も手紙を書き、拘置所へ送った。だが何も反応はない。

三十通ほど送ったある日の昼、私は姑に呼ばれた。拘置所へ出した手紙、すべて送り返されてきていたのだ。姑は「読んでおく」と言ったが、私が強く拒むと黙って渡してくれた。姑は、「こんなことをしていたら訴えられて裁判になる」と夫に相談していたらしい。夫は「もう先生のことは忘れるように」と私に言った。でも、そんなことできるわけがない。私にとってはただごとではないのだ。私は、死ぬのを諦めることはできなかった。そんな思いを抱えながらも、私はその後手紙を書くのをやめた。

失われることがない命

あるとき、私は《声》に誘われて大きな川へ行った。そこは立ち入り禁止になっている。入り口を何とか通り抜け、川に入って死のうとした。だが、水が膝まで達すると、どうしてもそれ以上進むことができない。何度も前に進もうと試みたが、それ以上深いところへは行けない。

「死ぬのは無理だ」

《声》は私に言う。

「俺に逆らおうと思っても無駄だ」

非情ともいえる宣告。私は、その場にしゃがみ込んで「死乞い」をするしかなかった。

濡れたズボンと靴のまま、仕方なく家に帰った。そして静かに門を開けて家に入った。家族に見つからないように。着替えをし、ズボンと靴をゴミ箱に捨てた。やがて子どもたちが帰宅。私は悟られぬよう、平然を装った。そんなこともある……。

ある日の夜、私は《声》に向かって「死乞い」をしていると、「紙とペンを用意するように」と言われた。用意すると、「俺が誓いを立ててやるから書け」と言う。「これは俺が、俺の力でお前に書かせるのだ」と言った。私は言われるがままに、一枚の白い紙に文字を書いた。『霧島香は四十六歳の終わりに死にます』と。脅迫が始まり、約一年ほど経ったときのことだった。

だが、その感覚は本当なのか。《声》は私をからかっているのか。どちらかは分からない。不確かで怪しい。不信と不安に襲われた。確かな答えとは到底思えないような、疑念を抱かせるような出来事だった。

　そんなことがあってから間もなく、宏美が高校へ入学する日がやってきた。この日までにいろいろなことがあったが、何とか入学の準備を済ませることができた。入学式には大勢の人が集まる。そんな学校へ行くのはとても憂鬱だ。私は緊張しながらも、何とか出席することができた。

　それからしばらくは、学校へばかり行かされた。里花の通う中学校へだ。くじでPTA本部の役員に決まってしまい、月に一回会議に出席させられた。さらに、里花の不登校でよく呼び出された。里花は、私が以前薬を飲ませてから、私が退院するまでの間、ほとんど学校へ行かなかったのだ。携帯電話ばかりを触る毎日。私とはあまり話をしなくなった。それでも気分が良い日は私に話し掛けてくれていたので、それほど深刻には考えず、注意もしなかった。だが、学校はそんな状況を楽観的に見ていない。

「このままでは、高校に行けません」

　学校の先生からそう言われた。

　娘のことを心配しながらも、その頃は比較的平穏に過ごしていた。私は夫と子ども、自分の食事だけは作っていた。《声》の指示に従い、毎日の夕食と、昼のお弁当を作らせてもらった。

　退院してから一年近く経ったある日、たまたま広告を見ていると、ある短期アルバイトの募集記事に目が留まった。クリスマス用のピザの製造補助だ。期間は三カ月程度、時給は千円。

ここへ行こうと思った。

翌朝、私は早速会社へ電話をし、履歴書を書き、面接を受けた。結果は採用。その週の水曜日から働き始めた。外で働けることに少なからず期待感があったが、実際に職場に行き、現実の厳しさを知ることになる。皆より手が遅く、ドジをしては怒られてばかりいた。毎日《声》に嫌がらせもされた。何をしようとしても邪魔ばかりしてくるのだ。仕事へは毎日遅刻せずに行くことができたものの、結局一カ月で辞めてしまった。

それでも、またその後すぐに仕事を探した。次は洗濯の工場。そこで短期のアルバイトを見つけた。そこでも《声》に仕事を邪魔されることはあったが、何とか仕事はこなせるようになる。昼食を一緒に食べられる友人も二人できた。ほとんど休むことなく仕事に通う毎日。今回は、所定の期間の最後まで働くことができた。そして、計四カ月働いたことで、先生に言われて借りたお金をほとんど返せるだけの蓄えもできた。

仕事の最終日、いつも昼食を共にしていた二人の友人ともこの日でお別れになる。最後に一緒に夕食を食べることになり、三人で出掛けた。私は自分の車に乗り、二人は別の車に乗る。私の車が先導する形で、店へ向かった。

その途中のこと。私は交差点を右折するため、停止して対向車が通り過ぎるのを待っていた。やがて信号が赤に変わる。同時に右折の矢印がともる。私はハンドルを右へ切りながら発進した。すると左前方から、一台のダンプカーが私の車に向かって走ってきた。ものすごいスピードだ。明らかに制限速度を超えている。ダンプカーは私の車に気付き、急ブレーキをかけた。その時点で、私にはもうなす術がない。「ぶつかる！」と思った瞬間、ダンプカーはピタリと止まった。私の車との間はわずか二センチほど。ぎりぎりのところで大事故を免れることができたのだ。

私は「もう駄目だ」と思ったし、後ろに続いていた二人も衝突したと思ったらしい。その瞬間は、まるでスローモーションを見ているかのような感覚だった。だが、私はそのときも自分が死ぬとは思わなかった。直後に、「死ななかったな」という《声》が聞こえたが、私は「許してもらったんだ」と思った。

パチンコと借金

私は、またパチンコへ行くようになっていた。アルバイトをしている間は、毎週末の休日にパチンコへ通った。アルバイトを終えても、パチンコ通いは続く。私は姑のやっていた内職を始めたが、昼間は仕事をしない。毎朝用事を済ませると夕方までパチンコへ行き、夜になってから内職をしていたのだ。内職の収入は月三万円ほど。夫からは毎月一万五千円の小遣いをもらう。それらを元手に、一円パチンコをしていた。

やがて、手持ちの金も底をつく。また短期のアルバイトを探した。だが、どこへ行っても仕事がうまくいかない。何かと《声》に邪魔をされ、思うように仕事ができないのだ。職場ではよく注意され、目をつけられ、ときにいじめられることもあった。だが、問題はそれだけではなかった。

私は、アルバイト先からある程度の給与が支払われると、《声》から「仕事に行かせるのが嫌だ」と言われるようになった。職場に着いても、駐車場から「休みたい」と電話をし、そのままパチンコに行くのだった。結局、仕事は辞めることになる。そんなことを繰り返した。最終日まで働かせてもらえたのは、あの洗濯工場だけだった。

自分のお金がなくなると、《声》によって食費まで使わされた。それでも、冷蔵庫にあるわずかな残り物や、買い置きしてあった物で何とかなっていた。また、タイミングよく、姑がおかずを一品くれることもあった。

食費を使ってもまだお金は足りない。そんなときは質屋に行ったり、貸金業者に電話したりした。そこで貸してもらえないとき、仕方なく子どもたちに借りることもあった。すべて《声》に従って。姑や父に借金を頼まされるときはさすがに後ろめたい。嫌で仕方なかった。とはいえ、借りたお金は必ず約束の日までに返すことができていた。

お金が残りわずかになってくると、「今日このお金がなくなったら、近所中金を借りに回らせるぞ」と脅迫された。お金を使いきらないよう努めるのだが、結局全部なくなってしまう。脅迫されてはいたが、近所の人にまで借金をすることは一度もなかった。

次はいつ破産させられるか。お金が減ってくると怖くなった。お金が底をついてもパチンコに行かずに済むだけならまだましだ。その後、必ず借金をさせられる。《声》の脅迫によって。借りたら、そのお金を持ってパチンコへ行く。「エンドレスだ」と言われていた。

だが、二人ほどからお金を借りた段階で、必ずといっていいほど返済できるお金を手にしていた。多少の余裕ができるくらい、パチンコで勝たせてもらえたのだ。調子良く十万円ほど手にすると、決まって四円パチンコの方へ連れて行かれる。そこでは、初めのうち大きく出すのだが、その後は所持金が尽きるまで使わされる。一円パチンコの方へは戻してくれない。

ミキちゃんにも二度電話させられたことがある。

「お金がないから、少しだけでもいいから貸してくれないか」

私は懇願するものの、彼女もまた、お金に困っていた。先生がまだ拘置所におり、貸せるお金はないという。彼女にまで借金をしようとしている自分が情けなかった。

私は姑にはパチンコの話を一度もしたことはない。だが、おそらく分かっていただろう。姑は「毎日、毎日どこへ行っているのだ」と夫に訴えていた。私には直接言わなかったものの、姑は私のことで悩んでいたらしい。そんな話をする夫に対して、私は強がりを言っていた。

「私はもう大人だ。毎日どこへ行こうが私の勝手だ。この歳になって親からとやかく言われる筋合いはない」

口ではそう言っていたものの、内心深く悩んでいた。姑はきっと毎日パチンコ通いしている私を軽蔑しているだろう。そう思った。私は退院してから《声》が聞こえていない振りをしていた。《声》からも、「今やっていることの理由を説明しても、決して理解してもらえない」と言われていた。

私は毎夜、「今日も逃げ切れた」と思う日々を送っていた。だが、いつまで逃げ続ければいいのか。いくら逃げても根本的なものからは逃れられない。何があっても「現実」からは逃げられない。そう強く感じていた。

私は、脅迫がやむよう祈ることはなかった。「死乞い」を除いて。ただ《声》をそのまま受け止め、言われることに従っていた。祈っても何も変わらない。言うことを聞いてもらうことはできない。そう悟らされていたのだ。同時に、どこかで手加減してもらえているとも思わされていた。

「いっそのこと、また入院した方がいいのではないか」

そんな甘い考えを持ったことも何度かある。入院している間はパチンコへは行けないし、お金を借りることもない。家族から嫌われることもなくなるだろう。でも、果たしてそんなことで本当に逃げられるのか。入院すれば、かえって家族の心が離れてしまうんじゃないか。そう思い直すのだった。

家族や親族との関係

里花は、昼間の高校へは行けず、定時制の高校へ通うことになった。先生に言われた通りだ。

里花は高校生になってからもよく学校をサボった。友達の話もあまり聞かせてくれない。ただ、バレーボール部に入り、「とっても楽しい」と言っていたことだけが、私にとって唯一の救いだった。

「今度試合があるから観に来ない？」

里花は、二度ほど私を誘ってくれた。だが、《声》はそれをさせてくれなかった。

里花とふれあう機会がなかなか得られない。しかし、私が時々パチンコで勝って調子が良いときは、里花とカラオケに行くことができた。私は歌をうたいたいという気持ちは全くなかったが、その時間は里花と仲良く話せてうれしかった。里花はまだ未成年だったが、些細な話をしながら五分ほど一緒にタバコを吸うこともあった。その頃の里花と過ごす時間といえば、カラオケに行くときと、タバコを吸うときくらい。そんなわずかな時間を繋ぎ合わせながら、付かず離れずの関係を維持していた。

当時、夫は長距離運転の仕事が多く、家を空けがちだった。宏美は友人たちとの付き合いで、深夜まで帰ってこない日が多かった。それだけに、里花と過ごす時間はとても大切に思えた。

ところで、私の母は、私が退院して半年も経たない頃、脊髄のあたりに膿が溜まっていることが分かった。これが原因で足に痛みがあるとのことだ。母は「これで足の痛みも治まる」と大喜びして手術を受けた。しかし、足の痛みは治らない。それどころか、以前は杖を突いてゆっくり歩いていたのに、それができなくなったのだ。その後、何度か入退院と手術を繰り返す。私もその都度立ち会った。だが、いまだに歩くことはできない。今も足がすごく痛むらしい。脊髄を損傷し、腰から下が麻痺しているにもかかわらず痛みを感じるのだ。私は父と母が不憫で、時々無性に会いに行きたいと思ったが、いつも《声》によってパチンコへ行かされた。それでも月に二回、一時間ほどだけ子どもを連れて行かせてもらうことができた。

また昔のようにゆっくりでもいいから歩けるようにならないか。またいつか昔みたいに父と一緒にお酒を飲んで、いろいろな話をすることができないか。また母を買い物に連れていってやれないか。私は時々夢を見た。だが、現実はそんなに甘くない。あるとき、父からこう言われた。

「もうお前たちも家に食事をしに来ることもないだろうから、いらなくなったホットプレートをやる」

これを聞いたときは、とても辛かった。

亀岡の叔母とは、以前「お金を貸してほしい」と電話したきり連絡をとっていない。退院してすぐに、私は年賀状にお詫びの言葉を書いて送った。しかし、いつまで待っても返事は来ない。それまで毎年続いていた年賀状のやり取りは途絶えた。叔母は、きっと私のことを恩知らずだと怒っているのだろう。「お金を貸してほしい」と言ったことが許せなかったのだろう。何度も電話したが出てはくれなかった。私はもう二度とあの頃へは戻れない。人生とは、かくも無情なのかと思わずにはいられなかった。

第五章　この世の仕組み

これから起こることへの不安

ある日の夜、家に電話がかかってきた。里花が以前入院した病院からだ。里花が救急車で運ばれたらしい。学校の帰り、電車を降りようとする際、気を失って倒れたようだ。

ちょうど家にいた宏美とともに、すぐに病院へ向かった。里花はベッドに横になり、点滴を受けていた。もう意識は戻っている。私は、ただの貧血だと分かり安心した。だが、点滴を受ける左の手首を見て再び不安に襲われた。タバコの火を押し付けた痕があったからだ。

実はその二カ月ほど前、既に五つの痕を見つけていた。そのときはさすがに大きなショックを受けた。だが里花には、「普通の人が見たら変に思われるから、もう二度としないように」と注意するにとどめた。里花がまた同じことをするのではないか。挙げ句の果てに、リストカットまでするのではないか。それから数日は、《声》の脅迫もあり、そんな不安におののいていた。これ以上痕が増えたらどうしようかと心配する一方で、里花なら大丈夫だという確信も持っていた。ところが、里花の左手首には、痕がさらに六つも増えていたのだ。

「どうしてそんなことをしたの」

私は里花に尋ねた。

「無意識にやってしまっていた」

里花はそう答えた。私は次の言葉をのんだ。

点滴が終わると里花を連れて帰り、すぐに寝かせた。もう娘は普通の男性に愛してもらえないのではないか、という不安で頭がいっぱいになり、その夜は眠ることができなかった。

それでも私は、次の日いつものようにパチンコへ行った。そのときの所持金は一万二千円。里花のことを話す《声》を聞きながら、私は重苦しい気分で黙々と台に向かっていた。すると、隣の客から「真剣だな」と言われた。どうも私は、いつも思い詰めた顔をしてパチンコを打っているらしい。以前ある店で惣菜の販売の仕事をしていたとき、「あなたはいつも、今にも自殺しそうな顔をしている」と怒られたこともある。

その日の十五時頃、案の定、所持金が底をついた。帰りの車の中、私は、里花のことや、これから何が起こるか分からないという不安でいっぱいになっていた。家に着くと、そこには誰もいない。私は適当に部屋を片付けると、すぐ布団に潜り込んだ。精神的に追い込まれたときは、座っているのも辛い。ただ体を横たえ、《声》に心を傾けるだけである。

《声》の正体

布団の中でうとうとしていると、映像が見えてきた。パチンコでリーチがかかり、台の中央にある画面の数字が動き出す。三桁のうち、真ん中に同数字がピタリと止まるとハッと目が覚めた。我に返ると、憂鬱な気分が湧き上がってくる。

そんなことを何度も繰り返しているうちに一時間ほど経っていた。布団から出ると、辺りは既に暗くなっていた。得体の知れないかすかな恐怖と、どこか次元の違う静かな場所に自分だけがいるような感覚に満たされている。すぐに灯りをつけて煙草を吸った。そのとき《声》は、「今から言うことをよく聞け」と話を始めた。長い話だったが、要するにこういうことだ。

この世には、皆がよく言っている前世や来世などはない。死後の世界もないし、霊なども存在しない。この世には現実以外に別の次元などはない。俺は佐々原（先生）などではなく、神である。この世には元々科学だけが存在し、皆がよく知っているビッグバンという現象によって俺は奇跡的に誕生した。俺はこの世で唯一超能力が使える存在であり、無限であると同時に無でもある。俺が肉体を持って現れるわけがない、俺は生まれるとすぐに太陽をつくり月をつくり地球をつくった。そして、人間をつくった。霊などは、俺が人間に見せている映像に過ぎない。人は死ぬと、それでもう終わりである。俺は万物すべてを操っている。人間の体と心を操り、残酷な事件も病気も事故も、何もかも俺がやっている。お前の知っている数々の残忍な事件も、薬物依存も俺がやっている。もちろん、里花の腕にあるタバコの痕も俺がやっている。悪魔も実は神なのだ。皆が望む慈悲深い神などこの世にいない。そんな無慈悲な存在が神なのだ。この世に神は俺だけだ。唯一の神である。俺は魔法使いではない。唯一の超能力者だ。俺はすべての者の運命を決める。何者も俺を変えられない。いつ結婚し、何歳まで生きるか、どこでいつ事故に遭うか、すべて生まれたときから決まっている。「神に救われた」、「神に救ってもらえた」と思う者もいるだろう。だが、それは元より決まっていることだ。だがお前は違うぞ。お前の運命は生まれるずっと前から決められているのだ。俺が操り、俺が祈らせているのだ。お前の祈りに「はい、そうですか」と言って運命を変えるはずなどない。だから、もしお前が不死なら、何千年祈ろうが何億年「死乞い」しようが変わらない。決して死ねないのだ。お前だけは絶対に道を間違えることは許されない。ものすごく悲惨なことがお前や家族の身に起こったりしたら、それは間違いなく不死の道だ……。

私は《声》を聞きながら、「確かにそうだ」と納得し、十分注意しようと思った。そして、さも自分の意志と力で生きているかのように気を引き締めた。《声》すなわち神は、こんなことも言っていた。

「お前は、本当に自分の身に起きている現実が分かっているのか。万物を支配する神がお前を脅迫し、お前が生まれるずっと前から運命を決めているということの意味や、この世の真実を聞かされていることの意味を。お前は本当に不死じゃないのか。お前は中学時代に、ばかの一つ覚えのように『事実は小説よりも奇なり』という言葉を何度も言っていただろう。その通りじゃないか」

確かに、私は昔その言葉をよく言っていた。神に指摘されて思い出した。私は、自分が本当に不死だったらどうしようかと少なからず不安を持った。だが、この世の話を聞いて全然驚きもしなかった。不思議なことに、以前から全部知っていたような気さえしたのだ。話が終わると、私は何もなかったかのように夕食を作り出した。

夕食を作っている最中、過去のさまざまな出来事が頭を駆け巡った。兄が死んだときのこと。そして、霊力を求めて一日何時間も画鋲を見つめたり水を被ったりしていたこと。あれは一体何だったのだろうかと思ったりもした。だが、大切なのは死ぬことだと思った。また、過去に破産宣告したのは、その後多額の借金をさせないようにするためだった。さらに、脅迫されたときに知人からお金を借りられなかったことも、今思えば神の手加減だった。そんなことを悟った。

それから、「あのときマンションの最上階から飛び降りなくてよかった」とも思った。《声》が聞こえ始めた頃、私は死ぬことも考えていたのだ。死ぬときが来ていないのに、そんなことをさせられていたら、それこそ不死だったのではないか。ただ、一つ気になったのは、なぜ私だけは昔から運命が決められていたのかということだ。これについては、考えるのを止めさせられた。

パチンコで負けた日の前日などには、たいていパトカーや救急車、消防車が走っていたことを思い出した。パチンコに行く道の途中で事故が起きていたりしたことは、つまりこれから自分の身に起こることを暗示していたのだなと、少し納得した気にもなった。とはいえ、そのとき事故に遭う者まで決まっていたのかと、少々疑問を持った。そのときは破産していたのだが、他人にお金を借りずに給料日までパチンコへは行かなかった。

里花の恋愛と失恋

ある日の夜、里花を駅まで迎えに行った。その帰り道、里花が突然話し始めた。

「最近、バスケット部のOBの先輩から『付き合ってほしい』と言われたの。それで付き合うことにした」

高校生にもなれば、恋愛くらいは普通のことだろう。だが、里花は続けた。

「これを最後の恋愛にする」

里花はまだ若い。「最後の恋愛」と言うには若すぎる。これまでにも里花は何度か恋愛をしてきた。いつも本人は真剣だ。だが、話を聞けばすぐに分かる。それは子どものお遊び程度の軽い恋愛だと。里花は、「今回は真剣だ」と言っている。

「付き合うのはいいけど、またすぐに別れることになるんじゃないのか」

私はそう言った。里花は心のどこかに孤独を感じているに違いないと、私は感じていた。里花はまだ人の愛が分からないのだ。私にもそんな時代があった。「いつか必ず、その胸の奥にある孤独感は消えるよ」と、私は里花を諭した。

親として里花を気に掛ける私ではあったが、それ以上里花のことに関わってやれる余裕がなかったことも事実である。神の脅迫、パチンコ、借金……。私は相変わらず大きな問題を抱えていた。

季節は秋。あと二カ月ほどで一年が終わる。毎年年末になると、四円パチンコにハマってこてんぱんにやられる。そして最終的に、実家の父にまでお金を借りさせられるのだ。今年もそうなるのだろう。だが、今年は絶対に四円パチンコを打たない。そう誓った。でもそんなことができるのか。今年も同じようなことが起こると予測しているのに、その流れを自分で変えることができない。その事実が何よりも恐かった。父にお金を借りるといっても一万円ほどだ。いくら嘘をついても、「パチンコへ行っているのだろう」と、必ずきつく怒られる。それが嫌だった。それ以前に、いい歳をして親にお金を借りて心配させることも嫌だった。

年末になり、恐れていた通りの展開になった。今年も、所持金が底をついてしまったのだ。案の定、父にお金を借りに行かされた。だがそのとき、父は怒らなかった。

年が明けた。結局その年の正月も、両親たちにお年玉を渡すことはできなかった。拘置所へ通い出す前は、お正月になると夫の両親と実家の両親にお年玉を渡していたのだ。お年玉を渡せなくなったことが残念でならない。かつては、父がお金に困ると、助けてあげることもできた。母には、服や化粧品などをよく買ってあげることもできた。だが、それももうさせてもらえないだろう。神の脅迫によって。

年末には所持金が尽きるものの、その後には必ず盛り返す。私は、二月の中頃にはまた落ち着くだろうと信じ、耐えていた。とはいえ、甘く見ているといつもやられてしまう。実際、その年は春が終わりを迎えようとする頃まで、毎月誰かにお金を貸してもらっていた。貸金業者にも電話をして断られていた。

六月に入り、ようやく金銭的に落ち着いてきた。そんなある夜、里花が家に帰ってくると、そのまま部屋にこもってしまった。私は異変を感じ、そばに行って声を掛けた。

「彼氏に振られたの？」

里花は軽くうなずいた。次の瞬間、私は急に体のだるさを感じ、里花に「大丈夫だ」と励ましの言葉を掛けると、そのまま布団に横になった。すると神は言った。

「里花は振られて、またおかしくなるぞ。お前は三日後に殺人事件を起こし、刑務所に入れられ、お前の世界だけ暗黒になるぞ」

そう言い出したのだ。

そのちょうど一週間前、私が車に乗っていると神が歌をうたっていた。そのときは、「この調子ならまだ大丈夫だな」と言っていた。私も、脅迫がないことに少し安心していた。ところが、その夜は浅い眠りの中でずっと脅迫されていた。

次の日、私はパチンコへは行かず、ずっと家にいた。宏美は、そんな私を心配していたのだろう。一日中そばにいてくれた。私は大した会話もせず、じっとテレビを見ている振りをして普通に振る舞っていたが、実はずっと神に脅迫されていたのだ。刑務所の中ではずっと独房に入れられて「死乞い」しているとか、人をどんなふうに何人殺すとか。そんなことばかり聞かされていた。

夕方になると、宏美が「本屋へ連れていってほしい」と頼んできた。私は、宏美を車に乗せて本屋へ向かった。私は特に本屋に用事はない。宏美が本を選んでいる間、車の中で待つことにした。しばらくすると神が言った。

「殺人事件は起こさせない。必ず死を与える。お前がどれだけ俺を恐れようが、不安を感じようが、信じられなくなろうが構わない。俺は必ず約束を守る。しかし、お前は死ぬまで俺に脅迫される。それは覚悟しておいた方がいい。俺はお前が死ぬまで脅迫する。だが、脅迫するだけだ。いろいろと困難にも襲われるだろうが大丈夫だ。必ず乗り越えていける」

私は、「脅迫される」という言葉を軽く受け止めさせられていた。

「そうか、脅迫だけなのか。人を殺さずに済むし、不死にならなくてもいいのだな」

私は安心した。

里花と宏美の心配

次の日、私は一円パチンコではなく四円の台を打った。すぐに当たった。「久しぶりに大きく勝たせてもらった」と思った矢先、途端に玉が出なくなる。切り上げようとも思ったが、なかなかやめられない。結局、勝ち分をすべて流してしまった。そのとき、近くにいた見知らぬ男性が私の方を見て何か言った。声は聞こえなかったが、口の動きから「もう終わりだ」と言っているように思えた。私の終わりを意味しているのだろうか。そう受け止められた。私はすぐにやめて家に帰ることにした。

帰る途中、神は言った。「これからは一円ではなく四円をやらせる」と。私は心の底から喜んだ。というより喜ばされた。

自分の中には二つの心がある。一人の自分は不安を感じているのに、もう一人が喜んでしまう。そんな相反する感情が同居しているような感じだ。いずれにせよ、賭け事はそんなに甘いものではない。四円パチンコをやったから大きく稼げるわけではない。私は持ち金は少なかったが、その後五カ月半ほどは何とか持ちこたえていた。

私が神に従ってパチンコに夢中になっている間にも、周りではいろいろなことが起きていた。

里花は何度も無断外泊をしていた。学校から呼び出されたことも少なくない。話を聞くと、里花は授業をサボって体育館の倉庫で悶々と一人で時間を過ごすことが多いという。結局、授業をサボり過ぎて単位が取れず、留年することになった。それでも、いつも仲良くしている同じクラブの友達も留年することになったことが、せめてもの救いだった。もし一人だけ下の学年のクラスに入り、誰とも打ち解けられず、友達ができないまま学校生活を送ることになったら……。それだけが心配だった。一人でも仲の良い友達が一緒にいてくれるなら大丈夫だと思ったのだ。だが神はこんなことを言った。

「卒業なんて出来るのか？　その友達とは離れることになるぞ」

私は、何があろうと、絶対に里花を高校だけは卒業させてあげたいと思った。

やがて宏美は、いつも遊んでいる男の子の一人、良一君と付き合うことになった。宏美について、神はこんなことを言った。

「宏美を良一と結婚させる。だが離婚することになるかもしれないぞ」

このとき、「結婚」という言葉だけが頭に残り、「離婚」という言葉は聞き流していた。正直なところ、気にも留めていなかったのだ。後で思えば、離婚という結果を知ったところで、それを止めることはできないと思っていたからだろう。

私は良一君について、どこか気を遣ってしまうところのある子だなと思った。だが悪い子ではない。それだけは確信していた。宏美は、三月には高校を卒業する。学校から、進路について話し合いをしたいとよく呼ばれた。私には、宏美を大学へ行かせるだけの余裕はない。このことは宏美も理解してくれていた。ただ、先生に就職活動をするようにしつこく言われているにもかかわらず、それを断り続けているらしい。私はそんな宏美の態度を容認していた。宏美には、自分が嫌だと思っていることは絶対にやりたくないという頑固な面がある。先生が言っていることは決して間違っているわけではない。むしろ普通の考えだろう。だが、私は常に子どもの意見を尊重したいと思っていた。

子どもは子どもの人生を歩んで行くべきであると思う。親の意見を無理に押し付けても、結局本人ではない親に責任が取れるわけではない。それ以前に、そんな人生が子どもにとって幸せだとは言えないだろう。人生というものは、間違いも失敗も自らが経験して、初めて本当に進むべき道を見出せるのだ。親は助言だけしていればいい。子どもの人生は親が決めるものではない。神が決めるものなのだ。親はその流れを見守り、困ったときに手を差し伸べ、励ますことしかできない。無責任と言われるかもしれないが……。ただ、もし子どもが何か問題を起こし、その火の粉が自分に降りかかってきたら、それは親としてしっかり受け止めるべきだとも思う。

娘に甘い母親

宏美は、卒業を前にしてほとんど学校へは行かなかった。かといって、バイトをするわけでもなく、ただ遊びで忙しい毎日を送っている。それでも私は何も言わなかった。ある日、宏美は「車の免許を取りたいからお金を貸してほしい」と言ってきた。私も免許は必要だと思っていた。ちゃんと仕事を見つけ、毎月少しずつ返すことを条件に、お金を準備した。ただ、家にはそれだけの余裕はない。夫にお金を貸してくれる所を探してきてもらい、何とか用立てたのだ。

宏美は、二カ月も経たないうちに免許を取ることができた。ただ、乗る車がない。その当時、私はまだ返済の残っている軽自動車に乗っていた。宏美には、残りのローンを自分で返していくことを約束させ、私の車に乗せた。そして私は新しい中古車を安く買った。保険も手配してあげた。

宏美はすぐに仕事を見つけ、働き始めた。だが私と一緒で、どうしても仕事を続けられない。宏美が就いたのは事務職だったが、「電話応対する時にどうしても相手の声が聞き取れない」と言うのだ。聞き取れないからといって、何度も聞き返すこともできない。しかも、電話の内容をどう伝えていいのか分からないという。そんなこともあり、仕事に行くのが憂鬱だということだった。

宏美の免許取得と車の購入、そして保険の加入で我が家にはまた借金ができた。これによってまた生活が大変になることを案じていた。宏美には、毎月お金を返してもらわなくてはならない。私は宏美に、何度も仕事へ行くよう勧めた。だが、思うような返事は返ってこない。結局、お金は一カ月分しか返されなかった。

さらに、免許を取って三カ月目に軽い事故を起こしてしまった。幸い大事には至らず、事故の処理も保険会社に素早くしてもらえた。だが、宏美は運転することが怖くなり、「乗る」と言いながら五カ月近く車を放置していた。宏美は免許取得に際しての借金と保険代、車のローンを抱えている。私は、「もう車を売って保険も解約しよう」と何度も言った。だが、宏美は「嫌だ」と言う。

私は子どもに甘い。すぐにかわいそうに思ってしまうのだ。私の甘い躾のせいで、宏美はいまだに親に甘えるという弱い面がある。だがそれも神が決めたことだ。

私は時折、自分の生い立ちを振り返り、我が子がうらやましく思えることがある。でも、これは運命だからうらやんでも仕方ない。私は、何か大きな出来事が起こるたびに、自我を捨てようと努めてきた。なぜそうするのか。それは怖いからだ。運命は変えられない。だったら、何を求めても、何を願っても、どれだけあがこうと無駄だ。あがけばあがくだけ苦しむだけである。神は、「あがけば地獄だ」と言っていた。私は、あがくことを恐れていたと言っていい。自我と欲望は、自分を苦しめるものだと思っていた。神には、「お前は死ねるだけで十分だ」とも言われていた。そして私自身、「本当に死ねるのなら、それだけで幸せと言えるかもしれない。世の中には自分よりもっと不幸な人がたくさんいる」と思っていた。上を見てもきりがないが、下を見てもきりがない。だがそれは、死んで初めて言えることだ。

宏美と良一君の結びつき

もう仕事へは行かない。私はそう心に決めていた。私はどこへ行っても仕事をさせてもらえない。行っても、また、必ず神から嫌がらせを受ける。そして、必ず職場の人に目をつけられる。もう仕事に行くことは諦めた。毎日夜に内職をし、それで得たわずかな小遣いで何とかするしかない。次の日に使える程度の金だけは持たせてもらえている。それが私の宿命だ。仕方がない。そう思っていた。

だが、それでも調子に乗せられてしまうことがよくあった。パチンコで少し調子が良く、私にとっての大金を持ったときなどは、また夢を見る。しかし、その夢はいつも空振りに終わる。調子に乗せられると、最終的には必ずと言っていいほど負けるのだった。少し勝っただけで、さも自分が強いかのように自慢してしまう。また、つい感情的になって夫に盾突いたり、子どもに腹を立てたりすると、後で決まって何か嫌なことが起きて、後悔させられる。そのたび、いつも神に言われる。

「お前は人間に勝てると思うなよ」

それでも、私は自分をコントロールすることができない。言われていることの意味を分かっていなかったのだ。神によく嘘もつかれた。お金が減ってくると、「この金で明日は勝たせてやる」とか、「必ず出してやる」とか言われる。それを信じると、いつもこてんぱんにやられる。たまに本当に出してもらえることがあるので、つい信じてしまうのだ。しかし、そんなときはたいてい所持金が底をついてしまう。信じてしまう自分が嫌になることも多かった。

そんなある日の夜、宏美が良一君を家に連れてきた。私をお寿司屋さんに連れて行ってくれるとのことだ。その日初めて良一君に会って、私は「離婚すると言われたが、この子なら大丈夫だろう」と思った。そんなことが分かるのか、と言われたらそれまでだが、私は人の好き嫌いの感情をあまり持たない。人は誰しも完璧ではない。要は、善か悪かだけである。それ以外は、結局人それぞれなのだ。

その後も、良一君は仕事の合間によく家に来るようになった。ある日の夜、私は良一君に手料理をごちそうしてあげることになった。その日、夫は長距離運転で家にはいない。私は、夕食を作って二人に出すと、そのまま出掛けることにした。外に出ると、家から五キロほど離れた所から、エメラルド色の一本の光が出ているのが見えた。その細い光の線は、空に向かって伸びている。神は、「あれは何だろうな」ととぼける。私は怖くなった。「見てはいけないものを見てしまった」と思った。

すぐに家の中にいる二人を呼んだ。

「見える？」

宏美にもあの光が見えるか尋ねた。

「見えるよ」

宏美にも見えているようだ。私は少し安心した。だが、宏美も「見てはいけないものを見てしまった」と言い、しばらく三人でその場に立ち尽くした。

後で知ったのだが、その光は、あるデパートの屋上から出しているものだとのこと。平和のシンボルということらしい。二十年以上ここに住んでいて、一度も見たことがないその光は、神が私たちにだけ見せている異様なものに見えたのだ。

それから間もなくして、大晦日を迎えた。その夜、私たちは良一君とともに鍋を囲む。私は久しぶりにお酒を飲み、遅くまで話をして過ごした。

翌日は遅くまで寝ていた。朝十時頃、宏美が突然、私のところへやってきた。

「生理が来ないし、気分が悪いから保険証を出してほしい」

宏美は私にそう言う。私は、急に憂鬱な気分になると同時に、恐怖を感じた。まるで背中から脅迫の手が伸びてきたかのように。その一方で、新たな家族が生まれることに、喜びも感じた。

宏美の妊娠が発覚して以後、わが家が急に慌ただしくなる。バタバタと結納を交わし、式の日取りを決め、病院を探した。叔母には、父から電話で連絡してもらった。だが叔母から返ってきたのは厳しい言葉だった。

「宏美がかわいそうだ。宏美はまだ世間を知らない。そんな娘を結婚する前に妊娠させたのは、親の教育ができていなかったからだ。きっと苦労する」

叔母からは、「私は結婚式には出席しない」とも言われた。

それ以後、神の脅迫は強まった。私は、もう既に神に操られている。さらに、自分の体と思いが、悪魔に乗っ取られそうな気がした。いつもの《声》は変わっていた。以前入院していたときのような不気味な声とまではいかない。だが、それでもいつもと違う。私は、自分を正常に受け止めることができるか不安になり、怖かった。

神に振り回される毎日

妊娠が分かってから、宏美は産婦人科へ通うようになる。順調な経過をたどっていると思っていたとき、不正出血が見られた。宏美はその理由を産婦人科へ聞きに行った。だが、そこで辛い事実が告げられた。

「胎児の後頭部に腫れが見られる。ダウン症の可能性がある」

宏美は落ち込んだ。私も不安を隠せない。だが、きっと大丈夫だと思えた。宏美に「悪いようには感じない」と伝えると、少し元気になってくれた。

私は、自分では大丈夫だと思う反面、妙な感覚を抱かずにはいられなかった。今までの感じとは明らかに違う。それだけは確かだ。

以後、神は恐ろしいことばかり言うようになった。

「宏美に障害のある子が生まれたら、お前は不死だからな」

さらに、ある夜私が眠っていると、突然神に起こされた。トイレに行って戻ると、神はすぐに私に告げた。

「六年後に家族を皆殺しにする。お前は死ねないぞ」

いつもとは違う口調。息せき切っているかのようだ。

それから三日後の昼、私はパチンコへも行かず、じっと《声》に心を澄ましていると、突然脅迫が始まった。

「お前に五億六千万円集めさせる。それは、お前が底に入るために用意させる金だ。その金を集めたら、佐々原（先生）のポストに入れさせる。その後すぐに家族を皆殺しにさせて底へ連れていく」

私はとっさにクローゼットの前で屈み、両手で耳を押さえた。怒りに打ち震えたかのような神の恐ろしさを感じたのだ。何か焦げ臭いような感覚すら覚える恐ろしい声。そのとき、これはただごとではないと思った。それからは、また脅迫の日々だった。

次の日、神に言われるがままノートとペンを用意し、私は神との約束の文を書き始めた。だが、言葉の使い方が思ったよりも難しい。辞書を使い、何とか書き間違えないよう丁寧に言葉を探した。

私は、この文を書いている段階で既に神に操られている。にもかかわらず、「神と契約しては駄目だ」と言われた。神は、「佐々原を脅迫のために使っている」とも言う。「佐々原とお金の貸し借りをしたら最後だぞ。とんでもない目に遭わせる」と言うので、何とか先生とのお金の貸し借りだけはしないようにしようと文にしたためた。何枚か書いたところで、先に言われた「神と契約しては駄目だ」という言葉が頭をもたげ、結局約束の文は破いた。

神はこう言った。

「お前には、親戚、知人に手当たり次第回らせて、五億六千万円集めさせる。そのお金を佐々原のマンションのポストに入れろ。それを合図に家族を皆殺しにし、底へ連れていく。それから電話には出るな。もし佐々原から電話があったら、奴はお前に『地獄に落ちろ』と言うだろう。そのとき、お前は小便を漏らすだろう。すると辺りは真っ暗になり、現実は変わる。

五億六千万円は必ず用意させる。無理だと思うなよ。俺が出させるのだから無理なことあるはずがない」

こうして私は一日中脅迫された。「何も考えるな」と言ったかと思えば、「ちゃんと考えた方がいいに決まっているだろう」とも言われる。言うことがバラバラだ。私はどうすればいいのか分からず振り回された。視界は薄暗い。まるで宇宙にいるかのように、静かで寂しい感覚だった。

そんなある日、良一君が家を買った。宏美は、「私に来てほしい」と言ったが、なぜか行く気がしなかった。

「こんなにお前のことを心配している優しい宏美を、お前は自分の手で殺すのだな」

神からそう言われていたからだ。

宏美の晴れの舞台

宏美の結婚式の日が近づいてきた。宏美はつわりがひどく、結婚式に出ることをずっと嫌がっている。正直なところ、私もこんな状態で大勢が集まる式に出ることが不安で仕方ない。

そんな中で迎えた式当日。宏美にとっては晴れの舞台だ。だが、宏美には申し訳ないが、式を挙げることに関して、私はうれしさも寂しさも感じなかった。むしろ憂鬱な気分を引きずっていた。ただ、なぜかその日は、自分がいつもよりきれいに見えた。

式の最中も《声》は続いていた。

「宏美は離婚するぞ。結婚して宏美が幸せになると思うなよ」

これから起こることを告げて脅迫してくる。私はただじっと聞くばかり。式の最中、みんなは感極まって泣いていた。私は涙さえ出てこない。ただ、式で流れる賛美歌は真剣に聞かされた。「救いの神子」、「人々の重みを担ってくださる」といった言葉について、神はこう言った。

「皆は神のことをこんなふうに思っているのだぞ。お前だけだぞ、俺の正体を知っているのは。かわいそうにな」

私は昔、美しい賛美歌が大好きだった。《声》を聞いて「ばかばかしい」と皮肉を言いたくなるのをそっと胸に秘めた。神は、「知らないということは幸せなことだ」と言った。

披露宴の間は、心が楽だった。里花や父とも普通に喋ることができたし、脅迫も緩かった。だが、それも披露宴が終わるまでだった。

その後は、脅迫されながら祝儀のお返しに回ったり、宏美を産婦人科に連れていったりした。その頃はまだ、何とか夕食も作ることができた。なにより、普通に宏美の式に出席してやれたことに安心していた。

だが、次第に自分のことで頭がいっぱいになってくる。夕食の準備をしているときも、訳の分からないことを言われ、振り回される。気付けば、何も手につかなくなっていた。じっと座っていても、「このまま立つな。立って外に出た瞬間から世界が暗黒に包まれ、この世にお前一人になるぞ」と言われる。「宏美の姑に会いに行かせて、六千万円借りさせる」とも言われた。

その夜、宏美に声のことを話した。

「良一君のお母さんに六千万円借りに行かせると言われている。そんなことをしたら大変だから、私がお金を貸してと言っても絶対に貸さないでほしい」

宏美は「分かった」と言った。宏美は、私が病気だと思い込んでいるようだ。

ある日の昼、神はこんな話をした。

「前世で、お前には同じようなことがあった。俺が『里花を殺せ』と言っているのに、お前は殺すことができなかったのだ。そのとき俺は、『来世で娘を殺さなかったら、必ず不死になる』とも予言した。今世は最後のチャンスなのだ。里花を殺してみろ。そうしたらすべてが終わるぞ」

私はその日、眠っている里花の顔をじっと見つめながら包丁を持っていた。神に脅迫されて、そこまで追い詰められていたのだ。

神からは、「前世や来世はない」と何度も聞かされている。だから、本来であれば前世や来世の話は信じられない。だがそのとき、私の心は操られていた。「そうか、昔もそんなことがあったのか」と記憶をすり替えられていたのだ。そのとき、私は思った。

「道は決まっている。自分が何をしようが、それは神がやらせているのだ。どうなるかがもう決まっているのなら、私は里花を殺さない」

私はそっと包丁をしまった。すると、「また殺せなかったな。やはり道は決まっているのだ」と神は言った。

限界に達した心

次の日、神はまた厳しいことを言った。

「今日から毎日『死乞い』をやらせる。重い重い鎧のような憑依に体中を覆われ、息苦しくてたまらなくなるぞ。体は重くなり思いとは逆に動く。言いたくないのに、人に『お金を貸してくれ』と言うだろう。そして、人からは暴言を吐かれる。毎晩くたくたになって家に帰ると、壁に向かって『死乞い』をする。そんなお前を家族は理解してくれない。皆お前と口を利かなくなるだろう」

別の日には、こんな話もしてきた。

「佐々原はもう拘置所から出ている。あいつはあれでもう仕事が終わったのだ。これからはお前だ。お前は佐々原にお金を借りてしまい、それを家にまで取り立てに来られる。借りてもいない多額のお金を借りたと脅迫され、お前は家を追い出される。錯乱して次々と人を殺すだろう。そして刑務所に入ることになる。まずは、とにかく佐々原に貸した金は『返してもらわなくていい』と電話した方がいい」

神にそう言われると、私はすぐに先生の家に電話をかけた。先生が出た。本当に帰っていたのだ。要件を伝えると、「分かりました」と短く答えた。続けて先生は言った。

「もう石は用意しなくていいのか。いい石があるぞ」

先生は一体何者なのだ。私は理解できなくなった。怖くなって「結構です」とだけ言うと、すぐに電話を切った。

その後、私は一度も「死乞い」をしたり、誰かからお金を借りたりすることはなかった。それでも毎日、「人を殺すぞ」「底に連れて行く」といった脅迫が続いた。食欲はほとんどない。私の体重は、一カ月ほどで約五キロも減った。家族の夕食すら作れない。コンビニへお弁当を買いに行くのがやっとだった。

そんな私を見兼ねて、家族は私を病院へ連れて行った。だが薬をもらうと神は言った。

「また家に帰るんだ。入院はさせないぞ。今度は病院に逃げることはできないからな」

病院から帰ってうとうとしていると、曼荼羅が見えてきた。《声》は聞こえてこない。不思議な感覚を覚えた。次の日は梵字が目に映った。そのとき、神が言った。

「この世には刑務所というものがある。人は神に操られている。罪を犯す者もいる。人を殺す者もいるだろう。だがそれは、神がやらせているのだ。それなのに神は、また別の者を使って罪を犯した者を裁く。人を罰するのだ。この世は理不尽で不平等だ。異常な世界なのだ」

そんな話を聞きながら、いつの間にか眠ってしまった。そして夢を見た。落武者が大勢いて、刀で斬り合っているのだ。私は驚いて目を覚ました。と同時に、「眠るな」という《声》が聞こえてきた。私は眠くて眠くて仕方ない。すると「眠ってしまうと、目覚めたとき家族全員死んでいるぞ」と言うのだ。だが眠気を抑えられない。眠ると恐ろしいことになると思い、台所へ行ってタバコを何本も吸い続けた。

朝になると、みんなが起きてきた。その日は土曜日。私は「おはよう」も言わず、「入院するから病院へ連れて行ってくれ」と頼んだ。夫も子どもたちも同意しない。私は「邪魔するつもりだな」と思い、「人を殺したくないから入院する」と強く訴えた。そして、簡単に事情を話すことにした。

「この世には悪魔しかいないだなんて……。そんな恐ろしいことを言わないでくれ。神を信じている人もいるのに」

私の話を聞いた夫は、悲しそうな表情を浮かべながら言った。私は「それも言わされているのだ」と夫に告げると、別の部屋に行って電話をしようとした。救急車を呼ぶために。そこへ、慌てて宏美がやってきて、電話を取り上げた。

「救急車は呼ばなくていい。車で病院へ連れて行くから」

夫は、そう言って入院することに同意した。私は、切実な話をしながら自分で入院する用意をしていた。挙げ句の果てに、「お腹が空いた」と言ってお湯を沸かし、カップラーメンを食べ始めた。家族は不思議そうに私を眺めていた。

「家族はお前のことを病気だと思っているぞ。お前の言うことなんて誰も信じていない。でも、どうしてカップラーメンなんか食べているんだ」

神にそう言われた。もちろん、私も自分が不自然な行動をしていることを自覚している。その行動には説得力も何もないことも分かっている。でも自分ではどうすることもできない。私は、カップラーメンを食べ終えると、すぐに車に乗り込んだ。

「病院に行って、すぐその日のうちに入院できるわけがない。行くだけ行って、すぐに連れて帰ってこられるぞ。入院しようとしても無駄だ」

神にそう言われたが、もう私は構っていられなかった。とにかく入院すると決めたのだ。

病院へ着くと、「ちょうど一部屋だけ空いている」と言われた。例のあの個室だ。私はまたその部屋に入れられた。もうここにいるしかない。もう絶対に出ない。仕方ないのだ。そう強く自分を納得させた。「ここならば、もし眠ってしまっても大丈夫だろう」と思ったが、神は「また一晩中脅迫してやるぞ」とも言うのだった。

家族のみんなは忙しいだろうから、「病院に見舞いに来なくてもいい」と本気で言って、家族を帰した。だが、いざみんなが去ってしまうと心が折れてくる。部屋は狭く、何も物がない。

「携帯でもあれば、家族にメールができるのに……」と思ったものだ。

病院からは、「眠れなければ眠剤を出しますよ」と言われたが、即座に断った。

第六章　神からの脅迫

神がつくった世界

夜が来た。一時間に一度くらいの間隔で目が覚める。もはや眠りといえるものではなかった。入院して二日目、神は私を「不死の世界に連れていく」と言った。神はこう続けた。

「この世には不死の世界がある。宇宙の遠く離れたところに、人が一人だけ入ることができる小さな箱が何万個と並んでいる。その一つ一つはキュービックのように、ある難しい数式に従って並んでおり、その箱の中に〝不死〟は正座をして入れられている。それこそが本当の神への生贄なのだ。お前よりもずっと早く、もう一億年以上も前から入れられている奴も大勢いる。〝不死〟は皆、神の声を聞き、数奇な運命を歩み、人を殺した後『死乞い』をし、箱の中に瞬間移動させられる。神は定期的にその箱を増やしながら集めている。そして、それを眺めては満足している。お前は退院したら一週間以内に人を殺し、刑務所の独房に入れられるだろう。そこで『死乞い』をし、その後、宇宙にある一つの箱に入れられるのだ。独房の中で『死乞い』をしていると、突然バタンと落ちる。そこは箱の中だ。前には一つの大きな鏡があり、薄灯りがともっている。鏡に映ったお前は全身石になっている。その姿はこの世のものとは思えないほど醜い。脚は正座したまま石にされているので、決して足を崩すことはできない。神の前で足を崩すことなんて許されないからだ。口は開かないようになっている。うるさいからだ。お前が行く刑務所は〝不死〟しか入らない。そう〝不死〟の道にあるのだ。そこでは他の者を一人も見ないだろう」

神の話は続いた。

「現在も、徳島の方にある病院の個室で、もう十九年も『死乞い』をしている男がいるぞ。体中が憑依で覆われて息苦しく、少しでも正座を崩すと全身に激痛が走り、俺に怯えきっている。今年で五十六歳になるが、六十歳になったら宇宙に連れて行くと言われ、毎日『死乞い』を続けている。その男には人殺しはさせていない。だが、お前は今日まで普通に生活させてやったから、人を殺させてから連れて行く。人殺しをさせるのは、死ねない体で人を殺してほしいからだ。それに、それほどに残酷なことなどないからだ。俺が心を操っているから、もう逃げようがないぞ。この地球は普通に死んでいく人間がほとんどだから、〝不死〟は人間をうらやみ、生まれてきたことを恨み、死ねないことを永遠に恐れる。地球はダミーに過ぎないが、地球で普通の人間が自由に生きるのを知り、そして死んでいくのを見ながら、自分だけが不死の世界へと連れて行かれる。それこそが残酷だ。生まれてすぐに不死の世界に置かれる方がどれだけいいか分からない。もとより、科学が存在し、その奇跡によって俺は生まれた。そう、俺は科学の奇跡によって生まれたのだ。そして、すぐに不死の世界をつくろうと決めた。俺が生まれたときから呪いが始まっている。自然の呪い、神秘の呪いだ。それ以来、次々と〝不死〟が増え続けている。逃げようなんて無駄なことを考えるな。お前はやがて不死の世界へ連れて行かれ、この地上から消えるのだ」

私は、これこそが本当の呪いだと思った。大昔から〝不死〟にされ、箱に入れられている者のことを想像しては、「こんなに恐ろしい現実が本当にあっていいのか」と真剣に思った。そんな私に、神は「どうしたらいいのかなんて考えるなよ。どうしようもないのだ」と言った。

病院からの外出

今回の入院は任意だ。朝九時から夜九時まで部屋の鍵が開いている。夜眠るときは、病院にお願いして電気をつけておいてもらった。

夫は、仕事の合間に病院へ通ってくれた。近場の仕事を回してもらえるよう、会社に頼んでくれたのだ。夫は病院へ来ると外出届けを出し、外へ連れ出してくれた。一時間ほどだったが、車の中でタバコを吸わせてもらったり、近くの小さなスーパーへ買い物に連れて行ってもらったりした。

入院している多くの患者は操られ、おかしくなっている。四六時中幻聴が聞こえ、《声》に振り回されている者もいる。暴言を吐く者もいる。だが、それは決して幻でもなければ脳の錯覚でもない。本当に見えたり聞こえたりしているのだ。私には分かる。悪魔の仕業だ。この世は恐ろしい魔界だ。私はそう思った。

中には、自虐行為やいろいろなものへの依存によって自分を強く責めている者もいた。人間の力ではどうしようもないのだ。神は残酷なエゴの塊だ。多くの者が医者に頼り、効かない薬に頼り、さらに多くの苦しみを抱えている。私には分かっている。でも、どうすることもできない。そんなことを考えていると、神が言った。

「かわいそうなんて思うなよ。かわいそうなのはお前の方だ。皆は自分のことを病気だと思っているぞ。お前のことなど放っておいて、自分たちは死んでいくと」

幻聴がひどく、夜中も眠れず廊下で車椅子に乗り、朝まで大声で何か祈っている人を見るといつもうんざりした。神を見ているようで、目を背け、耳を覆いたくなる。躁うつ病の患者は、歌をうたっていたかと思うと、急に自分が躁になっていることに気付き、恐れ始める。そして次の日にはベッドにこもるのだ。

私には多くの人の苦しみが分かった。天国と地獄はあの世にあるのではない。この世にあるのだ。幸せは決してお金や物などではない。心だ。たとえ不死であっても、神は悠々と生きていくのだろう。だが、心まで操られている私たちにとっては、すべては神の意志一つなのだ。自由なんて何一つない。誰も私の気持ちなんて分かるはずがないと思った。

夜になると「今から『死乞い』をする」と言われる。以前入院していたときは、二カ月ほど個室のドアにしがみ付き、泣きじゃくり、苦しくても誰にも話を聞いてもらえず、四六時中必死で「死乞い」をしていた。その当時のことが思い出される。実際にはそこまで苦しくひどいものではなかったのに、そういうことをしていたのだ。またそんなことを始めると過去の記憶をすり替えられることもよくあった。

眠りにつくと恐ろしい夢を見て、吹き出るような汗で目が覚める。起きると《声》を聞かなければならない。その繰り返しだ。一カ月が過ぎた頃、ようやく状態が落ち着き、私は大部屋に移った。ほかの患者とも軽く話をするようになった。だが、とにかく一日がとても長く感じられた。

外泊許可が下りるようになると、土日だけ夫にパチンコへ連れて行ってもらうようになった。外泊したいとき、私はいつも前日に夫に電話をかけていた。ただ、外泊できるといっても、決して安心できる状態ではない。夜目が覚めると「家族全員血みどろだ」と言われる。そんな状態で外泊するのはやめた方がいいと分かっている。それでも、「土日に外泊したいから迎えに来てほしい」と、夫に電話をした。パチンコへ行きたくさせられるのだ。

パチンコへ行き、座って台を見ると大抵決まった数字が並んでいる。５６４（殺し）、２４２（不死す）、２４３（不死身）などだ。神はその数字を読み上げては、「やっぱりな」と言う。行きは良いが、帰りの道から怖くなってくる。

「お前、悠長にパチンコなんてやっていていいのか」

神はそう言う。その後病院へ帰ると、決まってしんどくなる。

最も辛かった日々

入院中のある日、大雨が降った。突如、激しい稲光と大きな音が響いた。雷が近くに落ちたのかもしれない。停電も二度起きた。以前、「今から世界中が真っ黒になり、パッと光が現れたと思ったら、そのときにはこの世で一人になっているぞ」と言われ、本当に停電したことがあった。神はいつも何かを仕掛けてくるのだ。

そんな中でニュースを見た。私が昔育った土地で、無免許運転をした人が大事故を起こしたのだ。事故では多くの人が亡くなり、中に長女と同じ名前の女性がいた。妊娠中だったそうだ。神は私に脅迫するため、平然と事件や事故、大地震を起こす。その事故の直後にも、ものすごい竜巻で、多くの人が亡くなった。その都度、「無事に死ねたな」と言うのだ。

本当に不死の世界があるのなら、私以外にも神に脅迫されている人がいるはずだ。私は、その人たちに会いたい、その人と共にいたいと願った。だが、私の行く所にはいつも普通の人しかいなかった。この世で何が起きようが、神にとったらただのお遊びに過ぎない。それでも私たちは皆真剣だ。神は言っていた。

「誰かが不幸になっても別にうれしいわけではない。俺は今までに、怒ったことも笑ったことも喜んだこともない」

すべては、どうしてもしたいからしたというものではなく、ただの思いつきなのだろう。

外出、外泊から戻ると、私は病院の廊下をひたすら歩いた。いつも必ず脅迫されるので、体をじっとさせていられないのだ。廊下を何度も往復し、消灯まで黙々と歩くことで恐怖心を紛らわせた。歩いている間も脅迫がやむことはない。それでも、歩いていると少しは恐怖心が和らぐような気がした。長いときは、六時間ずっと歩き続けた。皆は「元気だな」、「歩くのが好きですね」、「私も健康のために歩いた方がいいかな」といったことを言う。

「みんなに何が分かるのだ」

私は心の中で反感を持ちながら、ニコッとほほ笑みを返し、また歩いた。

夫がしばらく病院へ来なかったとき、五日間食事を一切とらないことがあった。大部屋の中でカーテンを閉め、トイレに行く以外は一切起きない。半分眠り半分起きているような混濁した意識の中、延々と怖い話を聞かされる。誰とも話ができない。このときは暗く憂うつで、精神的にかなりきつかった。トイレに行く途中で、五人ほどの患者がコーラスで楽しそうにうたっているのを見たときは、「人間はいいよな」と思った。あれほど辛い時間が続いたことはない。今でもそのときのことを思い出すと怖くなってくる。

食事をとらなくなって六日目、ベッドに座っていると「正座しろ、足を崩すな」と言われた。私が言われた通りにすると、神はこう言った。

「辞書で必死に言葉を見つけようが、結局この世界にある言葉はすべて俺がつくっている。紙に誓いを書こうが、そんなものに何の意味や価値があるのか。俺がお前と約束し、守ってやるということが重要なのだ。形じゃない。そんなものに捉われず、俺を信じろ。俺が約束を覚えていて、お前を守ってやればそれでいいじゃないか」そして神は私に尋ねた。「俺を信じられるか」と。私は「無理だ」と答えた。「無理だろうな」と神は言った。

それ以来、正座はしていない。その後も神は私を脅迫し続けた。家に帰っている間は眠らないようにした。少しでも眠ってしまうと、「眠っても大丈夫なのか」と言って起こされるのだ。家の中では、怖いからといってウロウロ歩くと家族に心配を掛けてしまう。それで、一人のときを見計らっては、立ったり座ったりを繰り返すとともに、立ってその場をくるくる回っていた。また、煙草ばかりを吸って時間を過ごすことも多かった。

宏美も何度か顔を見に来てくれたが、「お前はお腹の子も宏美も一気に殺すぞ」と言われていたので、もう大きくなったお腹を見ては、自然に話ができなくなった。宏美はその後間もなくして、切迫早産で入院した。

里花は、外泊のとき夫と一緒に病院に迎えに来てくれた。そして、病院に戻る時もいつもついてきてくれた。あるとき、車の中で煙草を吸っていると、里花が話しかけてきた。「最近彼氏ができた」と言う。

「一緒に住もうと話をしているんだけど、いいかな」

そう尋ねてきた。だが、そのときの私には心にあまり余裕がなかった。

「彼氏ができて良かった。里花の人生だから、自分で責任が持てるなら好きなようにすればいい」

私は深く考えることなく、そう答えていた。

答えの探求

ある日、ベッドに横になっていると神は言った。

「もしこの世にお前が求めているような正義と愛と平和だけを持つ白い神が存在するのなら、アニメや映画によく出てくるような絶対的な悪者や魔物なんて出てこないだろう。本当に頭の良い神を信じる者がこの世にいたとしたら、そんなアニメや映画を見たらすぐに『この世にいたら危ない』と悟るだろう。白い者は白いことしか考えない。悪を絶対的なものとして考えない。悪者が出てくるということは、悪いことを考えられる者がいるということだ。それは絶対にそういうものなのだ。お前たちは操られていて、分からなくさせられているだけだ」

私は、「確かにそうかもしれない。否、絶対にそういうことだ」と思った。神は続けた。「やりたいと思ったことは、必ず実現する。実現する力を持っているのだから、思ったことは形に表す。だから、俺が生まれたときに『不死の世界があれば面白いな』と思ったら、必ず現実になる。そんなこと科学的に当たり前じゃないか。もし死ねないのなら、その事実を科学的に否定してみろ。それができたら死を与えてやる。でも、答えなど決して見つかるはずがない」

私は、毎日神の話を聞くと同時に、その答えを見出そうとした。だが見つからない。

「神は想像したら現実に移す。ただそれだけのことじゃないのか。本当は答えなんかないのに、そう言っているだけだ。そもそも答えなんてないのだ。それ以前に、操られている状態で分かるわけないのだ。だが考えないわけにはいかない……。もう無理だ。これは科学的にも不死だということなのだ。もう決定だ。もし終わりを求めるとするなら、神が飽きるか、もしくは神が消滅してくれるか。その日が来るまで待つくらいしか方法は残されていない」

そんなことを考えていると、神が口を開いた。

「俺は決して飽きない。神に飽きることなんかあるわけがない。それから、俺は絶対に消滅しない。永遠にこの世の神であると決めている。俺が何かを撤回することもないのだ。それに、操られていなくても、命や心・感情は持たされているのではないか。それならば、神が生きている方がむしろ許される希望があるのではないか。万が一俺が消滅するときがあったとしても、今までしてきたことを消していくことはないぞ。俺には慈悲などない。それに、もし俺が消滅しても、俺と全く同じ者がまた生まれるぞ。俺と全く同じ者だ。神とはそういうものなのだ。いくら待ったところで、お前の望む慈悲を持つ神など絶対に生まれないのだ」

神の話には、いつも逃げ場がない。私はまた答えを探そうとした。一カ月ほど探していただろうか。答えが見つからない私に神は語った。そのときの説明は、後で考えるとよく分からなくなるのだが、確かに答えだった。私は答えを思い返した。

「結論はこうだ。想像したものを現実のものにするか、映画として表現するか、小説という形で表現するか、それぞれ違う。現実のものにしたかったらそうするし、映画にしたかったらそうする。その違いだ。面白いと思っても、それをどう表現するかは思いつきによって違う。不死の世界があれば面白いなとは考えたが、それを現実にしたいとは思わなかった。それが答えだ」

するとと神は言った。

「答えが見つかったじゃないか。良かったな」

そんな簡単な答えなのか、と思われるかもしれない。だが、私はずっと考えて絶望し、「もう答えなんてない。私は不死だ。絶対に不死の世界があるのだ」と思い込んでいる時に見つけたのだ。私は自分の逃げ場を見つけたような気がした。脅迫が始まってから半年ほど経った日の夜のことだった。

情けない母親

それから退院するまでの約二週間も、神は「人を殺すぞ、狭い狭い箱に閉じ込められるぞ」と私を追い込んだ。だが、私は一筋の望みを見出したことで少し心が楽だった。これまでのように「不死だ。この世は不死の世界だ。地球は仮の姿なのだ」と夢にもうなされていたときに比べると、さまざまな出来事が比較的楽に感じられた。本当に不死ではないのかもしれないなとも感じていた。とはいえ、まだ見出した答えを本気で信じていたわけではない。「人を殺すぞ」と言われればそうなるのかと思ったし、自分はまだ退院しない方がいいとも思っていた。後日、神に「退院させる」と言われたことから、私は退院したいと思うようになった。ただ、相変わらず脅迫は続いている。それでも病院を出ることになった。退院するために荷物を整えている間も、車で家に向かう道中でも、「お前は一週間以内に人を殺す」と言われていた。でも、退院してから一週間経っても事件は起きなかった。七月中頃のことだった。

間もなく宏美の出産予定日だ。宏美は私が退院してきたのを確かめたかのように産婦人科から退院してきた。そして、出産に際して再び病院へ行った。そして八月初頭、宏美は無事出産。私も立ち会うことができた。少し神経質でよく泣くものの、とても元気な女の子だ。障害はない。私はほっとした。

後日、出産を終えた宏美を家に迎えた。午前中、昼食を簡単に用意し、夕方は早めに家に帰り夕食を作る。その間の時間はパチンコだ。そんな生活を続けた。

実は、私は退院するとすぐにパチンコ通いを再開していた。そして、宏美が出産した当日にもパチンコに行った。しかもその日に所持金が底をついてしまう。私は出産直後の宏美に「お金を貸してほしい」と頼んだ。宏美は貸してくれたが、そんなことをしている自分がものすごく惨めで情けなかった。

神はとことんやる。普通であれば、「まさかそんなことまではやらないだろう」と考える。だが神に普通は通用しない。私は、いまだに神の考えていることが理解できない。あまりにも余計なことをしてくれる。「どうしてそこまでやるのか」なんて考えても無駄だ。相手は人間ではないのだから。

この世の医者なら、「ギャンブル依存症だ」と言うだろう。だが、私からすれば決して病気ではない。本人がやめたい、やめなければ、と思っていても絶対にコントロールできない。神の許しを待つしかないのだ。多くの犠牲と傷を代償に、神はいつしか許すだろう。そう思っている。

出産した日にまでパチンコへ行き、さらにお金を借りに来る母親を見て、宏美は自分が愛されていないと思ったかもしれない。でもそれは違う。駄目だと分かっているのに行かされるのだ。私には、依存している人の気持ちがよく分かる。人にひどいことを言われようが、いくら反省しようが、結局行くのだ。「反省が足りない」、「意志の問題だ」と人は言うだろう。だが、何も知らない他人が、安易に人を裁くべきではない。経験してもいない人に、人の本心が分かるわけがないのだ。「自業自得」とも言われる。でも、そんな言葉は私からすれば存在しないも同然だ。皮肉なことに、自分の苦しみや悲しみの度合いも、痛みの度合いも、神だけが自らのことのように理解している。すべてを知っているのは神だけである。なぜなら、すべては神がやっていることだからだ。

里花の家出

宏美が出産して一カ月ほど経ったある日、里花の携帯に彼から電話がかかってきた。私は里花に、彼に会いたいということを伝えてもらった。里花が今どんな男性と付き合っているのか、知りたかったからだ。結果、その翌週の日曜日に彼が家に来ることになった。

日曜日、里花の彼は、約束の時間を一時間過ぎても現れない。私は里花に、メールするように言った。すると彼から返信が来た。「仕事で遅くなったから今日は無理だ」と。私は、この男は駄目だと思った。

その夜遅く、彼から電話があった。私は、受話器を通して彼の声を聞いた瞬間、体の内側からゾクッとするものを感じた。

「この男は危険だ」

そう悟った。彼とは三分ほど話をした。大したことは喋っていない。それでも、私は確かに感じたのだ。

「この男はやめた方がいい。里花が傷つくことになる。彼は普通の男ではない」

私は里花にそう告げた。里花は、私の話を分かってくれているかのような表情で、耳を傾けていた。だが里花は、次の日の昼出掛けたきり、家に帰ってこなくなった。

私は何度も里花に連絡をした。しかし、いくらメールを送っても返信が来ない。何度電話をかけても繋がらない。不安な日々を送る中、一週間経ってようやくメールが届いた。そこにはこう書かれていた。

「お母さんがパチンコ通いをしているのが嫌だ。私は彼と一緒に住んでいる。捜さないで。学校にはちゃんと通っているから」

私は仕方ないと思いながらも、里花は絶対に痛い目に遭うと確信していた。同時に、里花が自分の忠告を理解してくれていると信じていた。

その後も私はパチンコを続けた。里花が嫌がっていることを知りながら。とはいえ、私は自分のすべきことをした上で、自分の所持金の範囲内でパチンコをしている。夕方には家に帰り、夕食を作り、内職をしている。手抜きをしていると言われない程度に家事をこなし、それからパチンコへ行っているのだ。里花にとやかく意見される覚えはない。私はそんな思いをメールに書いて送った。

私はふと、「里花はあの男に何か教え込まれているのではないか」と感じた。里花は急に私に嫌悪感を示し出した。まるで私を責めるかのように。一方で、夫には「分かってほしい」と頼る姿勢も見せていたのだ。

私は、「やはり自分のことを里花に理解してもらうのは無理なのか」と寂しく感じた。でも、私は決して間違ったことをしているわけではない。里花は必ず帰ってくる。そう信じていた。

出来心の正体

里花の帰りを待つ中、私は残りわずかになった資金を手に、いつものようにパチンコへ行った。そして案の定、資金は尽きた。私が帰ろうと出入り口へ向かうと、神は「まだ帰りません」と言う。私は動かされるまま店の中を歩いた。すると、台の端にパチンコ玉の入った箱が三つ積まれているのが目に入った。そこには人が座っていない。

「あれを一杯取ろう」

そう言われると、私は即座に両手で一杯の箱を持ち、そこから素早く離れた。そして、空台を見つけると、すぐそこへ座って打ち始めた。私はビクビクしながら、何も知らない振りをしていつものようにパチンコ台に向かう。それから十五分ほど経っただろうか。一人の店員が声をかけてきた。

「これ、別のお客様の玉ですよね」

私は素直に「そうです」と返事をすると、すぐに奥の部屋へ連れていかれた。私は「やられた！」と思った。

「とんでもないことになってしまった……。警察だけは呼ばないでほしい。家族に知らせないでほしい」

私はそう必死に願った。「もしかしたら、神が許してくれるのではないか」とも思った。だが現実はそんなに甘くない。

しばらくすると警察が駆け付けてきた。状況確認が終わると、箱を取った台の前で写真まで撮られた。穴があれば入りたい。そんな言葉では言い表せないくらいの恥ずかしさに襲われた。私は夫に電話をした。事情を説明したが、「迎えに行けない」と言う。夫は長距離トラックを運転し、今は遠方にいるのだ。宏美にも電話した。だがまだ未成年ということで、身元引受人になるのは無理ということだった。

「家族はそれだけです」

私は警察官に告げた。すると、今まで怒っていた玉を取られたお客さんが言った。

「警察官の話を聞いたら、今日は帰れるよ」

その後、私は警察署で事情聴取を受け、指紋を取られた。だが引き取りに来れる人はいない。それでも家に帰してもらえた。帰り際、警察官から「次同じようなことがあったら捕まりますからね」と言われた。私は「分かりました。もう二度としません」と言った。だが、神はそれを否定する。

「そんなこと分からないぞ」

夫と宏美は私を責めなかった。私は、予想もしなかった自分の行動に、ただただ「えらい目に遭った」と思った。人生は神にどう操られるかで決まる。神はこれでも手加減しているつもりなのだろう。だが実際に操られ、それを知りながら生きている者は必死だ。

朝出掛けるときには、自分がそんなことをするなんて思いもしない。事故を起こそうなどと思ってもいないのと一緒だ。これが本当の「出来心」である。人が本当に自由な意思を持っているのなら、絶対に出来心なんて生じるわけがない。自分で自分をコントロールできないことなど、あるはずがない。でも普通に生きている者は誰もそれを知らない。自ら出来心を起こしたと思い込んでいる。私でさえ、すべての出来事が終わって初めて気付くことがある。さも自分が考えたかのように動き、後になって「やられた」と思うのだ。

神に操られているとはいえ、私はいつも、自分のしたことを後悔し、反省もする。デリカシーのないことを言ったり、思ったことをそのまま口に出したりしては、相手を不愉快にさせ、いつも後悔するのだ。漠然と、「言わない方が良かった」、「余計なことを言ってしまった」と思うだけではあるが。なんにせよ、後悔や反省を積まなければ、また同じことを繰り返すだろう。

ただ、反省しても後悔しても、同じことをやられてしまうことが少なくない。それはきっと、何がいけないのかを自分が悟っていないからだろうとも思う。神は必ず、何かしらの隙を与える。私が真に悟るまで、同じようなことをやらされるのだ。そうした悟りを与えるのも神だ。私たちは、その悟りを得るまで、多くの痛みと代償を払い続けねばならないのだろう。

里花に起きた悲劇

パチンコ屋での一件があってから間もないある夜、大阪の警察署から電話があった。里花が保護されたという。警察の話によると、里花は一緒にいた男から背中に熱湯をかけられ、手錠をされたまま自力で逃げ出したとのことだ。一人泣いているところを通り掛かりの人が見つけ、警察へ連れてきてくれたらしい。私は「とうとう起きてしまったか」と思った。私は、夫と宏美とともにすぐ大阪へ向かった。

そこには痩せこけた里花の姿があった。腕には直径三センチほどのひどい火傷の痕がある。背中は一面にガーゼが貼られている。頭には五センチほどの傷があり、髪は血で汚れている。里花は恐怖にうち震え、怯えているようだ。そんな里花を宏美は優しく抱きしめ、「もう大丈夫だよ」と言った。

私は、半年ほど前に神が言った言葉をふと思い出した。

「次はＤＶだな」

そのとき、私は里花を待ちながら何気なく煙草を吸っていて、神の言葉を深く受け止めていなかった。ただ何となく聞き流していたのだ。

私は夫とともに刑事の話を聞いた。一通り話を聞き終えると、即座に「訴える」と言った。里花をこんな目に遭わせた男を絶対に許さない。心からそう思った。

その日、里花を警察から引き取ると、そのまま病院へ向かった。そして次の日、夫と里花の三人で、再び大阪へ向かった。私は男を訴えようと考えていたが、里花は「絶対に訴えない」という。私は、里花の言う通りにしようと決めた。

その夜、例の男から電話があった。

「家から金が二百万なくなっている。里花だ。返せ」

そう言うのだ。私はすぐに嘘だと分かった。里花に代わることなく、私は電話の向こうにいる男に大声で怒鳴った。

「誰の娘に手を出したと思っているのだ。里花は私が守る」

珍しく暴言を吐いていた。すると男は、「里花じゃないならいい」と言って電話を切った。

これ以後、男から電話がかかってくることはなかった。

それから一カ月後、男が刑務所に入っているということを耳にした。別の女性に暴力を振るい、捕まったらしい。後から考えると、神は私に「人間を裁くな」と言っていたのだと思う。

私たちは結局、男を訴えることなく引き下がった。それで良かったのだ。里花の頭の傷は、本当なら縫わないといけなかったのかもしれない。それでも幸いなことに、きれいにくっついてくれた。

里花の失敗と更生

それから一カ月ほど、里花は家でおとなしくしていた。だが、傷が治りかけるとまた家出をした。今回はすぐに返信が来た。

「友達の家でお世話になっている。そこのお母さんはとても良くしてくれる。少しお金を入れて、ここで生活する。バイトも見つけたし、心配しないで」

里花は友達のお母さんがとてもいい人だと思っているようだ。だが、私はそれが気に入らない。嫉妬かもしれないと思い、あまり気にしないようにした。連絡も取り合っている。居場所も分かっている。これなら大丈夫だろうと思った。

ところが、三カ月ほどすると連絡が取れなくなった。電話を掛けてもずっと留守電になっている。掛かってくることもない。やがて電話が繋がらなくなった。

そんなとき、宏美がテレビの下の奥に何かあるのを見つけた。そこには、一本のストローのような物と白い粉が入っていたと思われる袋があった。私たちは、それを見てすぐに思った。

「これは覚醒剤ではないか」と。

「覚醒剤か？　いや違うかも。でももし覚醒剤なら、今すぐやめさせなければいけない。放っておいたらとんでもないことになる。手遅れになってからでは遅い。そのためには警察に知らせねばならない。体裁など気にしていられない」

私はそう思い、すぐに近くの警察署に電話した。

まもなくパトカーがやって来て、警察官が家の中に入ってきた。近所の目を気にして「普通の車で来てくれ」と頼んだのだが、神はパトカーを寄こしたのだ。後で、姑はカンカンだった。「娘を売る気か」とまで言われた。だが、私はどこかで「こういうことを内輪で解決しようとして皆、手遅れになるのだ」と思っていた。

そんな私に、神はしらじらしく言った。

「とんでもないことになったな。中毒になったら、里花が里花じゃなくなるぞ。本当にこれが覚醒剤なら、お前は間違いなく不死だ。家族が麻薬中毒でおかしくなるなんて、ただごとじゃないぞ。甘く考えない方がいい」

私は心の中で薬じゃないことを願った。その一方で、きっと覚醒剤に違いないとも思っていた。これから大変なことになる。そんな予感がしたが、私が必ず里花を立ち直らせると誓った。

三日後、警察から呼ばれた。結果は「陽」だ。私は里花に何度も電話をした。だが電源が入っていない。警察官から「連絡があれば知らせてください」と言われ、その日は帰った。

それから十日後、里花が見つかった。バイクの免許証を落とし、再発行の手続きをしに試験場に来ているところで補導されたのだ。尿検査でも陽性反応を示した。

警察官から、捜査で分かったことを聞いた。里花は、あの男から薬を教えられ、自分も興味があったので始めたとのことだ。薬は、お世話になっていた友達のお母さんにお金を渡して売ってもらっていたという。実は、そのお母さんは覚醒剤の常習犯だったらしい。幸いなことに、一週間前に薬をやめることを決断し、その後は使っていないという。警察官は、里花の決断は「たぶん本当だ」と言うので、私はこれできっとやめられるだろうと思った。裁判所へも行き、保護観察処分になったが、その時里花は、既に一人暮らしを始めていた。里花は言った。

「ちゃんとバイトにも行っているし、薬ももう絶対にやめる。だから一人暮らしを許してほしい」

私は、その日だけは家に帰るように言い、里花も同意した。翌日、里花はまた家を出ていった。それから四日後、里花が電話をかけてきた。

「最近付き合い始めた人がいる。その人がお母さんに一度挨拶したいと言っているから会ってほしい」

里花はそう言うのだ。後日、私は宏美に同行してもらい、待ち合わせ場所へと向かった。男性を一目見て私は分かった。この人は良い人だと。

まだ付き合いだして一週間ほど。出会い方は、あまり人に言えるものではなかったようだ。しかも、十歳年上の離婚経験者。それでも私は、初めてまともな男性に出会わせてもらえたと思った。

彼は、里花が一人暮らしをしているアパートまで自分が案内すると言ってくれた。アパートの中は、何とか生活できるようにはなっていたが、冷蔵庫の中には何も入っていない。私は、良い生活をしていないことを感じた。だが、「帰ってこい」とは言わなかった。

それから数日後、里花と彼が、私と夫に大切な話があるから時間を取ってほしいと言ってきた。二人は家に来ると、住んでいるアパートについて話しだした。

今住んでいるアパートは、人にお金を借りて住んでいるとのことだった。その人には頭金と家賃二カ月分で三十万円借りている。その借りている相手というのが、背中一面に墨の入ったややこしい男だとのこと。彼は、「里花が借りたお金を何とか返して、その男と縁を切らせたい」と言った。

「そのお金を用意したら、必ず縁が切れるのか。他にそういった問題はないのか」

私は二人に確かめた。二人は「大丈夫。その心配はない」と言うので、私は「すぐにお金を用意する」と答えた。

ちょうどその二カ月ほど前から、私はパチンコで勝ちまくっていた。五万円ほどだった資金が、四十日ほどで七十万円になっていたのだ。神がこの日のために持たせたのだと悟った。次の日、銀行で三十万円を下ろし、早速その「ややこしい人」とやらに会うことにした。

意外にも、相手は普通に話をする人物だった。揉めるのではないかと心配していたが、全くそんなこともなく、事は円満に解決した。私は男性に、もうこれ以上関わらないよう一筆書いてもらった。そして、里花に荷物をまとめさせて家に連れて帰った。

里花には、「同じ失敗は二度もしない方がいい」とだけ諭した。

第七章　別れ

迫られる命の選択

里花は、新しい彼氏ができてからよく笑うようになった。私を労わってくれるようにもなった。彼もよく私たちに顔を見せに来てくれる。家族に加わって、時々お酒を酌み交わすこともあった。彼は警察官になるため、仕事をしながら勉強を続けていた。そんな彼を私も応援していた。だが採用試験では、筆記は通るものの面接で落とされてしまう。私は、年齢のせいかもしれないと思っていた。

彼は真面目で、それなりに好印象の男性だった。仕事も休まず、誕生日やクリスマスには必ず里花が喜ぶ物をプレゼントしている。時折、彼は里花に説教することもあったが、普段はとても仲が良い。彼が警察官になったら結婚することに決めていた。これまでの出来事を思うと、里花はようやく平穏な暮らしを手に入れたようで、親としても安堵するばかりだ。

里花たちが付き合うようになって一年ほど経った頃、宏美が次の子を身ごもった。知らせを聞いたとき、私はなぜか産むことに抵抗を感じた。次は男の子だろう。だが、何か嫌な予感がする。なぜか気分が乗らない。そんな気持ちを抑えられなかった。でもそれは親として最低だ。

どうしてそんな思いを抱いてしまうのか。私は内にある思いを必死で打ち消した。

一人目の子、七美を産むときにお世話になった病院は家から遠い。しかも高い費用がかかる。宏美は、近くにある産婦人科で産もうと考え、私にその病院へ「ついてきてほしい」と言った。病院へ連れていき、私は診察が終わるのを待った。しばらくすると宏美が戻ってきた。しかし表情が暗い。宏美は、医師にいろいろときついことを言われたらしい。それで落ち込んでしまったようだ。宏美は、「費用も安かったし、我慢する」と言ったが、私は反対した。女が子どもを産むのは一大事だ。心に傷がつき、後々嫌な思いが残るような場所で大切な子どもを産まない方がいい。費用を少しばかり削減できても、そんなものは必ず別のところで消えてしまう。

「七美を産んだ病院で、二人目も産んだ方がいい」

私はそう言うと、宏美は納得したようだった。結局、長女を産んだ産婦人科にお世話になることにし、最初は二週間に一度通った。

二カ月ほど通った頃、医師から胎児の異常が伝えられた。胎児のお腹に水が溜まっているとのことだ。心臓の障害が考えられるという。胎児に障害が見つかった場合、ほとんどの医師は言わないそうだ。だが、その病院の医師は、「産むか産まないかは母親が決めるものだと思うからはっきり言う」との方針をとっている。

宏美は悩んだ。

「赤ちゃんは生まれたいと思っているだろうから、堕胎するのはかわいそう。でも、心臓に障害を持って生まれてくるのもかわいそうだ。それに自分にも育てていく自信がない。どうしたらいいの？」

宏美は私に相談してきた。私は答えた。

「障害を持って生まれてきたら、本人も周りも大変だろう。宏美が産むと決めるなら、産むのがいい。そのとき子どもは健康だろう。でも堕胎すると決めるならそれでもいい。そのとき子どもは障害があるだろう。答えは宏美が決めるように」

道は既に決まっているのだ。だが、神のことは一切口にしなかった。

宏美はその後もずっと悩んでいたが、最終的に諦めることにした。医者に決めたことを伝え、大きな病院に紹介状を書いてもらった。そして次の日、舅に車で連れていってもらった。

その夜、私は熱を出した。体中が痛く、咳が止まらない。息苦しくて辛かったが、宏美の苦しみを少し分けられているのだろうと思い、おとなしくしていた。次の日、宏美が入院すると同時に、私は午前中とりあえず薬をもらうため内科へ行った。医師は、「ひどい喘息の発作だ」と言った。夜になっても咳が治まらない。息苦しくて横にもなれず、眠れなかった。

朝になると多少症状が落ち着いていた。その日はちょうど、夫の仕事が休みの日だったので、私たちは七美を連れて宏美の様子を見にいった。宏美は、七美の顔を見て少し笑ってくれた。私たちには明るく話してくれていたが、心は不安と哀しみで塞いでいたのだろう。入院して三日目の午後、手術は無事終わった。宏美は痛みに怯えて泣いていたと、良一君から聞いた。

私たちは堕胎した赤ちゃんを見た。男の子だった。お腹がパンパンに膨れ上がっている。そして、小さな小さな両手を広げている。私たちの家族になるはずの子だったのに……。悲しみが込み上げてきたが、「これで良かったのだ」と宏美に言った。決して選択は間違っていなかったと。宏美は、「もう子どもはつくらない」と言っていた。良一君も泣いていた。

赤ちゃんは、はくと名付けられた。はくは、小さな箱に入れられた。かわいい人形とよだれ掛け、それからお菓子を入れて葬ってあげた。九月のことである。

家族と過ごす日々

娘たちがさまざまな困難に遭遇する中、姑は短い入院を繰り返していた。脳の細かい血管から血液が漏れていたのだ。そのため、目が充血して物が二つに見えるらしい。カテーテルを入れ造影剤で検査する。そして、三回ほど手術をした。だが、目は治らなかった。遠くにある物が二つに見える。車に乗せても、対向車が怖いという。夜はあまり外に出なくなった。

私は強い近眼だが、眼鏡を使えば見える。だが、姑の目を矯正できる眼鏡はない。かわいそうだが、光と形が認識できるだけましと考えるしかない。全盲の人たちは、もっと辛いだろう。暗闇の中にずっといなければならないのだから。「あと三年経ったら、きっと元に戻るだろう」と姑を励ました。私が死ねば神はきっと姑の目を治すだろう、と思ったからだ。

その年の暮れは、家族と良一君それから里花の彼と、大勢で鍋を囲んだ。いろんなことのあった一年が終わりを告げる。今年は年末に所持金が尽きなかったことも、私にとっては大きな出来事の一つといえる。皆で除夜の鐘を聞き、新年を祝った。

翌二月、病院から電話がかかってきた。以前実家の父が心臓の手術を受けた病院だ。その日の昼間、父が体調を崩し、歩くこともできない状態になったため救急車を呼んだらしい。どうしても我慢できなかったそうだ。父はすぐ入院し、検査を受けた。その結果を家族も一緒に聞いてほしいから、明日の夕方来てくれということだった。

私は入院に必要なものを用意すると、すぐに里花を連れて病院へ向かった。父は点滴を受けながら眠っていた。そっと父に声を掛けると、私たちに気付いて目を開け話し出した。

「どうも膵臓癌のようだ。明日の夕方、一緒に先生の話を聞いてくれ」

次の日の夕方五時、私と里花は病院に説明を聞きに行った。医師はレントゲンの写真を見せて説明を始めた。

「膵臓に癌ができていて、結構大きい。手術をするなら急いだ方がいい」

医師は手術の方法について説明をすると、「次回返事をもらいたい」と言った。手術をするかしないか。私が考えていると神は言った。

「お父さんはもう終わりだ。手術をしてもすぐにまた病院へ戻り、何度も苦しみを味わうことになる。お前に世話ができるか。手術をすれば、もしかしたらお前が死ぬまで持つかもしれない。でもまず無理だろう」

私は、とにかく手術をしてもらおうと決めた。もちろん父の意志を優先する。たぶん父は手術を望んでいるだろうと、私は思った。

次の話し合いの日、私は宏美と里花を連れて病院へ行った。その日は、亀岡の叔母も来ていた。叔母は、私を見るとすぐに私に話し掛けてきた。今まで何事もなかったかのように。私もそれに応えた。

すると、そんな様子を見ていた父が突然涙を流し出したのだ。「どうしたの」と尋ねると、「うれしい」と言う。父は、私と叔母がもう一度仲良く話をしてくれることを願っていたのだとほほ笑んだ。私は胸が詰まった。父の気持ちは以前から分かっていた。そしてこの日、期せずして父の気持ちに応えることができたのだ。

私はパチンコをやめ、里花に助けてもらいながら父の世話をすることに決めた。ところが父は、「俺は亀岡に行く」と言った。叔母は病人の世話には慣れている。それだけの器もある。それに、叔母の娘は看護師をしていた。叔母は、父が病気になったら、最期は自分が看取ってあげると約束していたらしい。私は反対しなかった。父の人生だ。父のしたいようにすればいい。

父の旅立ち

手術を受けた父は、さらに弱って見えた。いや、手術だけが原因ではないだろう。私のそっけない態度も、父の気力を奪っていたのかもしれない。父は手術の前、「二日間外泊する。家でいろいろと整理したい物があるから」と言ったのに、私はとりあえず二日間は実家に顔を出した。しかし、食事を買って持っていって、一時間ほどいると、神に帰らされた。「それじゃもう大丈夫？　私は帰るよ。明日また来るから」と言い、ドアを開け外に出る。頭では望んでいた。「泊まりたい。泊まらなければ。そばにいなくては」と。帰りの車の中では、「こんなこともできないのか」と自分をひどく責めた。手術の前の二日間で、父は弱ってしまったのだ。

神は残酷だ。父は何のために生まれてきたのだろう。何のために生きてきたのだろう。人間は、人生の大半を神の決めた運命によって振り回され、意味もなく苦労し、「お疲れさま」の一言すらもらわずに死んでいく。否、それでも人それぞれに何かしらの意味があったのか。私には分からない。

父は「もっと生きたい」と望み、病気と闘った。それまでの私は、この世に何の未練があるのか、どうしてそれほどまでに生きたいと望むのか、理解できなかった。だが父を見ていて気付いた。病気で苦しい中でも生きたいと望めるということは、生きたいと望むだけの人生だったということだろう。父にも救いがあったのだと思う。本当に苦しみだけの人生だったのなら、生きたいと望むわけがない。だからこそ、これまで生きてこられたのではないだろうか。そして、そう思えることだけが私の救いでもある。

父は手術後、一度亀岡へ行った。父が病院から出発する前、私は「すぐに顔を見に行くから」と強く握手した。そのときの手の感触を今でも覚えている。だが、家では生活ができないほど弱っていたので、またすぐに病院へ戻ってきた。

医者の話では、レントゲンに写っていたよりも癌が転移しているという。余命三カ月だと言われていた。病院に戻った父はすぐにモルヒネで意識を失くした。ベッドに眠る父と二人きりになった私は、自分の行いを何度も謝った。

「父は私のせいでこんなことになった。あの二日間、私がちゃんと看てあげられてさえいれば……」

何度も謝った。それから二日後、父は息を引き取った。私が四十四歳になった次の日のことだ。その二週間前には、高校時代の親友のお父さんも胃癌で亡くなっていた。偶然ではあるが、不思議な縁を感じた。

私は、父が亡くなるちょうど一時間前、家に服を取りに帰ろうと病院を出ていた。叔母はその直後から何度も私の携帯電話に連絡していた。父の容体が急変したことを知らせるために。だが私は全く気付かなかった。叔母の連絡に気付いたのは、ちょうど家に着いたときだ。その電話は、父が亡くなった知らせだった。

私たち家族は皆、父の最期を看取っていない。なぜなのか。神が私に、死の際を見せないようにしたのだ。理由は分からないが、それで良かったのかもしれない。父は救急車で運ばれてから二カ月ほどで、さほど苦しまずに逝った。それも神の許しだったのだろう。

父が亡くなったとき、私は里花にだけ、神の声が聞こえることや、この世の仕組みなどについて話した。里花はそれほど驚く様子も見せず、話を聞いてくれた。ちゃんと理解していたのかどうかは分からない。でも、里花は私を信じてくれた。以前、背中に熱湯をかけられ怯えていたとき、「お前は逃げろ」という《声》が聞こえたそうだ。《声》に従って必死に逃げようとしていると、不思議と逃げきることができたということだ。里花の話を聞いて、私は肩の荷が少し下りたような気がした。

亡くなった後に

父の葬いを終えた後、母を老人保健施設へ入れることにした。母が団地を出るにあたって、仏壇をどうしようかという話が出た。私は四十七歳で死ぬ予定だ。兄はもういない。母はもう団地に戻らないのだから、処分した方がいいとも思った。だが、そんなことをしたらこの世の人間からひんしゅくを買う。私が引き取るしかないのか。姑に相談した。しかし姑は、「昔から、別の家の仏壇を持ち込むと、先祖が揉めて災いが起こるという」。そう言って心配した。

私も、そうした言い伝えがあることは知っていた。だが現実にそんなことはない。私は姑に話した。

「亡くなった者は皆同じところへ帰っていきます。亡くなった者は、仏壇にいるわけではないのです。仏壇を持ち込んでも、死者はそんなことで揉めません。私は知っています」

姑は、私の言うことを信じたわけではなかったが、仏壇を持ってくることは了承してくれた。

「寺に頼んで御霊を抜いてもらった方がいい」とも言われたが、そんな意味のないことはしなかった。

私は父が亡くなる前、神から戒名をもらった。「香有風加清空善道院」。戒名の意味については、「香りの有る風が加わった清い空で善の道を歩む者という意味だ」と言われた。

私も死ねば終わりだ。人に葬ってもらおうが忘れられようが、自分はもう分からない。寂しくもなければ悲しくもない。もう苦しむこともなくなる。それでもやはり、家族には覚えてほしい。時には、私との思い出を語り合ってほしい。死後もないのに、寺に頼んで高い戒名を付けてもらいたいとは思わない。僧侶にお経をあげてもらいたいとも思わない。ただ、家族にだけは心に留めていてほしい。それが自分の生きてきた証しのような気がする。

私は、こんな世界でも仏壇を祀ったり戒名を付けたりしても決して無意味だとは思わない。花を供えるのも大切なことだ。だが何をするにしても、大切なのは心だ。残された者の思いがあって初めて意味がある。決して無理してやることではない。金額が高ければいいというものでもない。たとえ墓に出向けなくても、思い出してあげられるならそれだけでいい。この世は、生きている者を重視した方がいいのだ。

死んだ者のために人が争う必要などない。愚かなことは控えた方がいい。それから、できれば宗教や占い、霊能者など見えないものを扱っている者や団体に、無理してお金を出さない方がいい。説法を聞きたいのなら安ければ安い方がいい。無料ならなお良いだろう。正しい者は、悩める者に無理などさせないのだ。それこそが本物かどうかの違いかもしれない。これは、自分が経験してきたことだからはっきりと言えるのだ。

新たに見つけた仕事

父が亡くなってから一週間、私は喪に服し、パチンコへは行かなかった。その間に、母と父の年金の手続きや、団地の引っ越しなどを済ませた。それが終わると、またパチンコに通う生活が始まる。一カ月ほど経ったある日、換金所に一枚の貼り紙を見つけた。換金所で働く人を募集しているとのことだ。私は見つけた。「ここだ！」と思った。

「私はここでしか仕事ができない。ここで死ぬまで働こう」

そう思い、早速電話をかけた。

仕事は、朝十時半から夜十時四十五分まで。時間は長いが、部屋に一人でいられて、仕事中は適当に好きなことをしていられる気楽な仕事だ。時給にすれば六百円程度。しかも、帰りに計算が合わないと、自腹を切って穴埋めしないといけない。そんなリスクのある仕事だが、それでもいい。また、ここは一日一人しか入らないから、休むことはできない。それに、仕事の日はパチンコへは行けない。私はようやく見つけたような気がした。つまらない仕事を見つけたなと思う人もいるだろう。でも、人が何と言おうが私が働ける場所はここしかないのだ。

幸いにも、働かせてもらえることになった。週に三日も仕事に行っていれば、お金を借りることも減ってくるに違いない。神は、「お前がもし破産してどうすることもできなくなって、換金所の金に手を付けたらどうする」と脅した。気にはなったが、私はここで働くことに決めた。父の死が代償だったのだろうか。そんな気もする。

私は月十五日間仕事をすることになった。最初の半年間は、夕方五時から里花が代わった。給料は二人で半分ずつ。私は夕方五時から二時間程度パチンコへ行くようになる。

半年後、里花が別のアルバイトを見つけたので、私が一人で入るようになった。ただ、里花はいろんな職場を試しては、すぐに辞める。全く仕事が続かないのだ。だが今回は、珍しく三カ月仕事を続けていた。私は、今度のアルバイトは結構続くかもしれないと思った。

そんな頃、私は持病があっても入れるという保険に加入しようと資料を請求した。ただ、里花もいつバイトを辞めるか分からない。生活がまた厳しくなるかもしれないと思ったが、保険だけは入っておこうと決めた。私はそんなことをさせてもらっても大丈夫なのか迷った。神は「お前が死んだ後、夫と子どもたちに保険金を残しておこう」と言った。私はそんなことをさせてもらえるとは思っていなかったし、途中でやめさせられるのではないかとも思った。なにより、以前神に言われていたことが気がかりだった。

「お前がもし不死の世界に連れて行かれたら、死亡保険なんかに入って喜んでいたことを永遠に呪うだろうな。お前の心は後悔と自分への愚かさでいっぱいになり、苦しみが余計に増すことになるだろう」

不安を感じていたが、結局死亡保険に入ることに決めた。夫への恩返しと、子どもたちへの愛を残す意味で、少し高めの保険を設定した。

お金の使い方

私が死亡保険への加入を決めた頃、宏美が良一君との関係について相談してきた。二人はこのところうまくいっていないとのことだ。宏美も里花も、私に似たのか家事があまり好きではない。そのことをよく注意され、宏美は良一君に気を遣っていたようだ。宏美は宏美なりに努力して家事をこなしていた。実際、宏美の家に行くと、いつも部屋はきれいに整頓されている。それでもやはり抜けていたのだろう。また、お金の使い方についてもよく小言を言われていたようだ。

私の夫は頼りない人ではあったが、穏やかで優しい男性だ。昔から、家が掃除されていなかろうが、私が何を買おうが、文句を言うことはほとんどなかった。給料は、普通のサラリーマンに比べると、年齢の割に少ない方かもしれない。それでも全額を家に入れ、小遣いをもらって「ありがとう」と言う人だ。私は、そんな夫の一面を男らしいと思っていた。

娘たちにも、できることなら夫のように温和で穏やかな人と結婚してほしかった。だが、出会いも縁も神が決める。私の願いは、ただの欲でしかない。里花の彼は穏やかで、真面目で、里花をよく気遣ってくれるが、デートのときはよく割り勘にしていた、と聞いていた。今どきの男性だ。

私たちは、今はお金が持てないようにされている。私は、既にお金にあまり執着しないようになっていた。いくら節約しても、食費を削っても、お金を貯めようとしても、光熱費が全く変わらないし、お金が貯まることはない。予想していない出費をさせられたり、貯金をことごとく潰されたりするからだ。それならばいっそのこと、お金に執着せず、必要なことには恐れず使う方がいい。お金には汚くない方がいい。細か過ぎない方がいい。必要ならば必ず神が用意するはずだと思うようになっていた。お金は大事なものだが、しょせんは物質に過ぎない。だが、使い方を間違えたり粗末にしたりすれば駄目になる怖いものだと思う。お金によって、人は良くなったり悪くなったりする。お金によって人生の選択を間違えさせられることも多い。

そんなことを考えていたからか、お金に細か過ぎる人は苦労すると、ある時ふと気付いたのだった。私の残した保険金を、良一君にも里花の彼にもあまり使ってもらいたくないという変な感情を抱くようにもなった。大したことではないが、そんな感情が心の内に芽生えたのだ。娘の夫は貧しくてもいい。持っているお金が千円しかなかったら、その千円をさっと差し出し、それを娘と分け合える心の強い人がいいと。その男性のためならば娘は苦労するべきだ。そんな思いさえ生まれた。だが、きれいごとに過ぎないかもしれない。ただの私の夢かもしれない。

　この世はきれいごとでは成り立たない。科学がつくった世界なのだから、結局強い者が勝ち、弱者は負ける。人生は神との闘いだ。だが、神は必ず手加減してくれる。苦しみの途中で少しの休息も与えてくれる。試練は必ず乗り越えられる。神は、時に死をもって終わりを与えるだろう。だがそれも終わりの一つに過ぎない。神はそれを解放という。

　世の中には本当に残酷な目に遭っている人が大勢いる。私もこれまで大概な目に遭ってきた。だが、それらを乗り越えられる力はきっと与えられている。それこそが手加減だと私は思う。神は本当に残酷だ。だが私たちには力がない。神が生み出した山を一つ一つ越えていくしかない。それでも必ず終わりがあると私は信じる。越えられない山などないのだ。それこそが真の信仰心だと、私は思い始めていた。

シングルになった娘たち

　ある日、宏美が「離婚したい」と私に相談してきた。結婚してちょうど四年経った春のことだ。このとき、私は自分に起きていることの真実を娘に話そうと決意した。時は来た。そう確信したのだ。

　話を始めた当初、宏美は「薬をちゃんと飲んでいるの」と半信半疑の様子だった。だが、すべてを話し終える頃には、神が悟らせていた。

私は、「離婚はもう少し待てないか」と訊いた。すると宏美は、私が昔よくやっていたタロットカードで占ってほしいと言う。私はカードをめくった。塔が出た。離婚という意味だ。お互い離婚した方がいいというカードも出ていた。

それから一カ月後、二人は離婚した。宏美は「アパートを探す」と言ったが、結局家に帰ってくることになった。そのちょうど三日後、私は誕生日を迎える。これで四十五歳だ。次の日は父の年忌を行った。

その翌日、私はいつものように仕事をしていた。ところが夜八時頃、突然腰が痛くなってきた。また何か起きるのではないか。いろんなことが気になりだした。そのときふと思い出したことがある。かつて奈良の拘置所へ通っていたとき、先生が言っていた言葉だ。

「神の道を進む者の家族や身内には、警察官や弁護士を置かない。その人たちは人を裁くからだ」

私は、「そうか、だから里花の彼氏は警察の採用試験に受からなかったのだ」と思った。里花は今の彼とは結婚しないかもしれない。そのことを里花に告げた。

次の日の夜、里花は彼から「会いたい」と言われ、出掛けていった。私が仕事を終えて家に帰ったとき、里花はまだ帰って来ていないようだった。部屋の片付けを済ませ、トイレに行ってドアを開けようとしたとき、中から声がした。里花だ。十分ほどすると里花が出て来た。

「別れたのか」と聞くと、コクリとうなずいた。里花はその日、交際にピリオドを打っていたのだ。付き合って三年を迎える、ちょうど二カ月前のことだった。

私は「心配しなくていい。大丈夫だ。必ず導きがある」とだけ言った。その後、二人で静かにワインを飲んだ。

ワインを飲みながら、私は以前ミキちゃんに「先生には必ず何か深い理由がある」と言ったことを思い出した。そして、良一君と宏美が離婚したときのことを考えた。

二人が離婚するとき、養育費のことで良一君が「弁護士を立てる」と言い出した。宏美が不安そうにしているとき、私は「お金を借りてでも弁護士を付けてやるから心配するな。負ける気がしない」と励ました。結局、良一君は弁護士を頼まず、毎月五万円入れてくれることで和解したのだ。

この出来事を通して、本当に神は私に「人を裁くな」と言っているのだと思った。それはもっともだ。私が人間を裁いたり訴えたりしてどうするのだ。すべて神がやっていると知っているのに……。

宏美は離婚後、保育所の空きを見つけられなかった。七美を預けられない。そのため内職ぐらいしかできなくなってしまった。月五万円の養育費と内職で得るわずかな収入、それと育児手当だけで生活していかなければならない。我が家では、かねてから「お金を持てない」と二人の娘に教えてきた。だが、必要なときには必ず神が与えてくださるとも。それでも宏美は不安そうだった。ただ、宏美には良き友人がたくさんいる。それは宏美の支えとして神が残してくれたものだと思っている。

一方の里花は、三年近く付き合った男性から別れを告げられた。結婚の話までしていたにもかかわらず。別れ際、里花は恋人から「家族のようにしか思えない」と言われたそうだ。私は落ち込む里花に言った。

「結婚とは、家族になることだ。いつまでも男と女の関係だけでは続かない。家族のようにしか見えないと言って里花との別れを選ぶのなら、その相手は里花の結婚相手には不向きだ」

里花は泣いていたが、分かってくれたようだ。結局縁がなかったのだ。また里花が不安定になりはしないかと案じたが、今度は神が里花に仕事と職場の友人を残してくれた。宏美のときと同じように。

別れてから二カ月後、里花はバイト先の友人と生まれて初めて沖縄へ旅行に行った。

第八章　私の使命

神の子として自覚

父が亡くなって十一カ月の月日が過ぎた。その頃、これまで「自分のことを信じない方がいい」と言うことが多かった神が、「俺を信じろ」としか言わなくなった。憑依は相変わらずで、頻繁に奥歯を噛むし、しょっちゅう頭痛もした。ただ、たびたび起こされた軽い接触事故はかなり減ってきている。あと一点で免停だった免許証はようやく復活した。また、パチンコでの負けもかなり少なくなり、以前は珍しかった一万円以内で当たることが多くなっていた。

三月の中頃、神はこんなことを言った。

「お前がずっと会いたがっていた父親とは俺のことだ」

私は「そうか、そうだったんだ」と思った。神は私を「俺の子」だと言う。「お前は神の子として生まれた。今まであったことを本にして世に出そう」とも言ってきた。私は真に受けないようにした。また裏切られるのは怖い。自分の書いた本が世に出てもおかしくはないと思ったが、そんな機会が私なんかに訪れるわけがない。決して喜んだりせずにいよう。またいつどんな落とし穴にはまるか分からない。とにかく心を冷静にしよう。そう努めた。

第一、私に本なんて書く才能はない。それに自信もない。本を書き終わって、自分の書いた本が世に出る未来なんて想像できない。

宏美に、私が本を書くかどうか占ってくれと頼んだ。すると「愚者」、すなわち愚かな行動と出た。私は少しショックだったが、「やっぱりな。神は私に書けと言いながら、愚者のカードで私に愚か者だと言っているのだ」と思った。だが神は、こんなことを言ってきた。

「パチンコで俺の言うがままに出すことができたら、その都度ポイントをやる。それが期日までに百に達したら、お前に本を書かせる」

私は全く信じなかった。

「とりあえず目指してみてはどうだ。やっても何の損もしない」

神にそう言われ、私は試みることにした。期日とされた日の前日、ポイントはちょうど百になった。百になったとき、神は言った。

「今日までお前が俺に盾突いたのは、『不死にする』と言ったときだけだ。それ以外では、俺が何をしようと恨みもしなかったし、苦情も言わなかった。よく今日まで多くの試練を乗り越えてきたな。さすが俺の子だ」

私はこれまでに起きたいろいろな出来事を思い出し、熱い思いが込み上げてきた。だが心を冷静にしようと努めた。喜んだりしたらまたやられると。少々気を引き締めようと思った。

次の日パチンコに行くと、三万円負けてしまった。だが、その帰りにノートとボールペンを買った。書けるかどうかは分からない。でも「とにかくやってみよう」と言われたのだ。ただ、気がかりなことがある。それはミキちゃんのことだ。彼女は、映画ができると信じて喜んでいた。私が本を出すことを快く思わないのではないか。でも、私の命は残り二年しかない。もう許されるのではないかとも思った。

他にも気がかりなことがあった。この世には、霊能者や超能力者といわれる人たちがいることだ。死後の世界は存在しないという主張が、その人たちに受け入れられるはずがない。多くの批判を受け、私は平静を保てなくなるのではないかと不安になった。この世にはキリスト教を信仰している者も多い。こんな本を出したら、その人たちにもたたかれるのではないか。また、あの世に亡くなった者がいることを信じ、祈ることで、心を落ちつかせている人たちがどれほどたくさんいるだろう。その人たちに、「死後の世界なんて存在しない」と教えることは残酷なのではないか。実際に私は、その事実を知らずに生きている人たちをうらやましく感じたこともあった。こんな本を出すべきではないのではないか。そう真剣に考えた。

本を書くという使命

それでも私は本を書き始めた。書き始めてから、やめた方がいいと思ったこともある。だが神は、「これはお前の使命だ」と言った。

「この本を書いて世に広め、死ぬことまでがお前の使命だ。そのためにお前は生まれたのだ。

もし本が書けなかったり、世に出なかったりしたら、お前は不死だ」

神はまた私を脅した。死ぬことまでが私の使命……。私は急に、死ぬことが少し嫌になってきた。私はこれまで、神の意志一つでいろいろな辛い体験をしてきた。そして、やっと本を出したと思ったらすぐに死ぬ。犠牲だ。神の犠牲のために生まれたのだ。神は本当に残酷だと思った。

すると神は、「それならもっと長生きするか」と言ったが、それも嫌だ。私はこの世に心を落ち着かせて生きることは無理だと分かっている。一度だけでなく二度も神から「人を殺し不死になる」と脅迫され、自分の無力さを思い知ったのだ。

不死か、不死じゃないかなんて、生きている間に分かるものではない。心臓が普通の人と一緒か調べてもらったり、CTで脳を調べてもらったりしても何の意味もない。心臓が止まろうが、脳がなくなろうが、神が私を操る限り、私はこの肉体に生き続けるのだ。決して答えなど見えない。すべては目に見えない神の一存である。神が約束した期日までに、私が解放されるしかない。それしか道はない。答えはそう出た。今まで、「あと四年で死ねる」、「あと三年で死ねる」と指折り数えていた私が、少なからずこの世に未練を感じたのだ。だが、もう道は一つしかない。

私の進むべき道が分かったとき、思い出したことがある。それは、私が昔からよく心の内に抱いていたことだ。「神のお役に立ちたい。神に使って頂きたい」と心の底から思っていたときがあった。それが私の望みだったのだ。それは結局、神に仕向けられていたことでもある。だが、それでも私は望んでいたのだ。

その時、私は悟った。人は自分の望む者になる。神が決めた運命を心に刻んでいるのだ。善を望む者は善であるし、悪を望む者は悪だ。それは神が決めた宿命だが、自身が望んだものでもある。平凡を退屈だと思う者にはそれに応じた未来が訪れるし、平凡を望む者は平凡を得る。善を望む者はいくら道に迷っても間違いを犯しても、最後は必ず善になる。自分が何者で、何を望んでいたのか。それを手に入れるまでには犠牲が必要だ。

私は自分の過去を振り返って思った。私は、時に怒りを感じることはあるが、人を嫌いになることはない。苦手だなと思う人はいるが、すべてに理由や意味があるはずだと思うと、嫌いにはなれなかった。誰かに恨みを持ったこともない。悪いのはその人ではないのだ。嫌いにならない方がいいのではないかと思う。

その反面、人には嫌われる。それが私のいけないところだと思っていた。でも、それでも良いのではないかと思うようになった。相手がどんな人であるか、相手から何をされるかは神が決めることなのだ。それならば、その事実を恨んでも仕方ない。

要するに、私は昔から神と人間との間で板挟みになってきたのだ。それで悩んできた。相手に何をされても、「この人はこういう人なのだ。仕方がないのだ」と許してしまう。相手に嫌われてもその人を嫌いになれず、逆に理解を示してしまう。そんな自分が嫌で、辛いと思ったことも多い。だが、なぜそうだったのか、理由が分かったような気がする。

結局、自分はそれを受け入れなければならないのだろう。なぜなら、私は無力だからだ。愚かだからだ。見なくていいものは決して見ない。聞かなくていいものは決して聞かない。受けなくていいものは決して受けない。すべては偶然などではない。必然なのだ。この世に罰などない。だが代償は支払わされる。逆に報われることもある。それは些細なことかもしれない。だが、あることは確かだ。報いを受けては代償を払う。代償を払っては報いを受ける。大きな一つの運命の中で、それは繰り返される。

変わらない日常

ノートとボールペンを買った次の日から、私はこれまでに自分が経験してきたことを大まかに書き始めた。文才が乏しいため、大したことは書けない。体験したこと、学んだことのすべてを書き留めるのは、私の力だけでは難しかった。それでも一日一章ずつ書くことができた。

本を書き始めたらパチンコへは行かなくなるのではないかと思ったが、やはりパチンコへは行った。また、休みの日には用事を優先するようになった。すべきことを済ませ、用事が終わるとパチンコへ行き、夕方帰ってきて夜するべきことをする。母のところにも月に二回は必ず顔を出した。

本を書き始めても、家事は何とかこなしていた。大まかな物の片付けはできる。店屋物を取ることもあったが、夕食は毎日準備できている。洗濯もできた。だが、掃除がまともにできない。これがネックだった。

　私は毎日酒を飲んでいた。いつも飲んでは誰かに説教がましいことを言う。そして次の日、うつ病のような状態になっていた。躁うつ病かもしれない。お酒が怖くなっていた。それでも毎日飲むのである。お酒は夜しか飲まなかったし、量は自分なりに控えていた。だが、次の日は決まってうつ状態に陥る。この繰り返しは一向に変わらなかった。

　本を書き始めたら周りの状況も変わるのではないかと期待を持ったが、それは甘かった。私自身が変われないのと同じだ。夫はしばしばラジコンに凝り、小遣いを全部使い果たして機嫌が悪くなった。そして、私が夫にまた少しだけ小遣いを渡すようになっていた。

　子どもたちは子どもたちで、家の用事をあまり手伝わない。自分のことで手いっぱいのようだ。家にお金を入れることにも少なからず抵抗を感じているようだった。だが私は割り切り、宏美親子からは二万円、里花からは一万五千円を入れさせた。

　神は毎日のように私を諭した。

「何があっても怒るな。子どもたちが何をしようが、夫が何をしようが、決して怒るな。それから人に頼るな。誰もが自分のことで精いっぱいなのだ。甘えるな」

　その《声》を耳にして、私は感情を抑える。言葉をグッとのむのだ。私自身完璧ではないからだ。神は、「完璧な者はこの世に存在しない」と言っている。私は常に感情を抑えようと努めている。興奮することが怖い。感情が高ぶったり、荒くなったりすると、「またやられた」といつも後悔する。怒らず、熱くならず、穏やかで、安らかでありたい。何があっても常に冷静でいたい。私は神ではないからそうなるのは無理だろう。それでも神は、徐々に感情を抑えられることを増やしてくれているように思う。

神は、「すべてにおいて当たり前だと思わないことが幸せになるためのヒントだ」と言う。子どもだから親に愛されて当たり前。お金を貸したのだから返してもらって当たり前。人間はよく当たり前だと思い込む。そして、その通りに事が運ばないと怒りを表し、相手を責める。そういうものだ。でも、当たり前のことなんてこの世にない。すべては神の許しなしでは進まないのだから。当たり前だと思うから腹が立つのだ。「『どうしてこうなんだ?』なんて考えるな。こうだからこうなのだと思え」と、神は私に言った。

とはいえ、肉体を持つ以上、悟りを開くことなんて不可能ではないか。操られている以上、絶対に無になることは不可能ではないか。神は、雑念や邪念を次々とつくってくる。本当に悟りを開くということは、すなわち死んだようになることではないのか。少なくとも、苦を感じているようでは悟りとはいえない。

私には美学がある。心が広く、穏やかで、慎しくありたい。そして、完璧になりたかった。だから、昔から「悟ろう、悟ろう」としてきた。でも完璧からは、ほど遠い。そもそも、完璧になりたいなどと思うこと事態、愚かなことなのだ。

進まない筆

仕事がある日には、一章ずつ書き上げることができた。だが、五章の「この世の仕組み」に入ると、急に何を書いていいのか分からなくなった。一日かかって数行しか書けない。三日目に書くことを中断した。どうしても前に進めない。やっぱり本は書けないのだろうか。そう思い始めていた。嘘をつかれているのではないかとも思った。それでも諦めたわけではない。また必ず書かせてもらえると信じた。

神はやはり「本が世に出なければお前は不死だ」と言う。ここまで来たのだから、私も死ぬ前に自分の書いた本が世に出るのを確かめたい、と強く思った。本はいつ書かせてもらえるのだろうかと、毎日じっと待った。

それから三カ月。最後の日までもう一年と十カ月もない。私は、「本なんか出せなくても死ねればいい」と思うようになっていた。世の中には残酷な目に遭い、ただ無残に殺される者もいる。苦労しても苦労しても報われずに死んでいく者もたくさんいる。父も母も苦労ばかりしていた。そして父は、病に敗れて死んでいった。だから、私も「これでいいのだ。これは神が決めた道だ。諦めよう」。そう思ったとき、神は言った。

「お前は横道にそれている。人間にああだこうだと説法するようなことはやめろ。皆も分かっているができないのだ。誰しもが操られているんだぞ。お前にギャンブル依存で悩んでいる人を救えるか。できないだろう。お前はただ俺が言ったことだけを、自分が体験したことだけを、ありのまま書いていけばいい。起こったことをそのまま書いていけば、書けなくなるわけがないだろう」

私は、目から鱗が落ちたような気がした。確かに、五章では説法をしようとしていた。生き方は人それぞれ違う。私はそれまでに書いた五章の原稿を破り捨てた。

「焦るな。焦るとろくなことがない。無理なく少しずつ書こう」

神がそう言ったので、三日かけて五章を書き終えた。

次の日、私はパチンコで十万円勝った。神は「この金で家族旅行へ行こう」と言った。私は、使わせてもらえなくなる前に使わねばと思い、慌てて旅行会社へ行った。家族旅行は、私が拘置所へ通い始めるずっと前から行っていない。私は予約を取り、お金を精算すると二万円残ったので、それを財布の中に入れた。そのとき、ふと先生とミキちゃんのことを思い出した。

ミキちゃんは、先生が拘置所から出たときに二度、先生に連れられて家族旅行に行っていた。今どこどこに来ている、とメールが届くのだ。それは、私が先生にまとまったお金を入れたときだ。二度とも。確かなことは分からないが、私は彼女たちが自分の入れたお金で旅行に行ったのだろうと思っていた。腹は立たなかったが、何かわだかまりのような感情を抱いたことを覚えている。神はすかさず言った。

「もういい。終わったことだ。誰が悪いわけでもない。そんな思い出は捨てろ、捨てろ」

私は思いを静かに胸の奥にしまった。先生にお金を渡せたのも、優しい夫に巡り逢えたからできたことなのだ。すべては神が決めた道の途中にあった出来事に過ぎないと、私は自分を納得させた。

本を出すということ

五章を書き終えた頃、この本をどのようにして出すか、いろいろと調べ始めた。出してくれそうな会社に何件も電話をし、話を聞いた。だが、自費出版の会社ばかりだ。自費出版には大金が必要である。しかも、私たちにはお金を借りることに大きな不安があった。返済させてもらえると信じることはできたが、お金を借りること事態が難しいのだ。

コンテストに出すことも考えたが、著作権を譲るという条件に疑問を感じた。それ以前に、ノンフィクション作品を募集するコンテスト自体が、ほとんどないことが分かった。

ある大きな出版社は、印税が他より高かったことで好印象を持ったが、電話の応対で、「ここは何か違うな」と思った。

本を出版するには二百五十万円ほど必要だ。その借金は保険金の一部で返済することができるだろう。それまでは利息だけを返済していこうと考えた。ただ、印税が入るのは本が出版されて一年後だ。本が出来上がるまでの時間を併せて考えると、一年半は今の収入の中から借金の利息を払っていくことになる。また苦しい生活が続くのかと思ったものの、それはさほど怖くはなかった。それ以前に、お金を貸してもらえるかが問題だった。

そんな中、ある出版社から出版に関する資料を送ってもらった。自費出版だけしか受け付けていない会社が多い中、その会社の資料には企画出版もあり得ると書かれている。また、発行部数を少なくすれば、費用を抑えて本が出版できるとも書かれていた。ただ、その会社は本の編集まではやっていない。誤字脱字のチェックなど、校正までしかしないとのことだ。

私は、本を出すことよりも、まずは本を仕上げることを優先すべきだと思った。そして、原稿を編集してくれる会社を探した。ある会社に問い合わせたところ、原稿すべてを編集するには、四十五万円必要だと言われた。それなりの大金だ。だが私は、このお金は削ってはいけないと感じた。ちょうどその頃、ある銀行から長期ローンでお金を貸してもらえることになった。そのお金と自分の所持金を合わせた額が四十五万円だったのだ。まずはこの原稿を人に伝わるものにしてもらう必要がある。そう考えた。

しかし、その後出版するには費用が少なくとも百四十万円必要だ。私は、知人に借金することは全く考えなかった。だが、他にあてはない。悩む私を見ていた夫が口を開いた。

「どうしても用意できなかったら、仕事を辞めるしかないな」

夫は不安そうな表情を浮かべてそう言った。夫が今の会社に就職してちょうど十年になる。もし今辞めたら、百万円の退職金が入ってくる。でも私は、それは間違っているのではないかと思った。もう二度と自分のことで家族に迷惑を掛けないと決めていたからだ。夫は今の職場が気に入っているようだ。そこを辞めさせてまでして、お金を工面するのは良くないと思った。

だが本を出す事は諦めなかった、もし本を出版する事が私の運命として決められている事ならば、お金は必ず用意出来るはずだと思った。本は企画出版ではなかったが共同出版Aランクになると言われ減額してもらえ、とりあえずは前金として出版費用の半分を入金する事になった。そのお金は神が用意させた。絶対に残りの半分も用意する事ができるはずだ、私はそう信じ再び原稿を書き始めた。

六章を書き終えた夜、酒を飲んだ。家族と宏美の友人と一緒に。皆仕事を終えて家に集まったのだ。会話がはずみ、気分良く飲んでいた。そんな中、宏美が自分の体型のことを気にしているという話をし出した。そんな娘に、私は励ましの言葉をかけた。そのつもりだった。だが私の発言は、また例の説教のような、デリカシーのない言葉になっていたようだ。

突然、宏美が怒り出した。私は自分が何を言ったのか全く覚えていない。自制を失うほど飲み過ぎてしまったわけでもない。宏美の友人に聞いても、里花に聞いても口を揃えて「ひどいことを言った」と言う。だがそのときだけは、何が悪かったのか理解できなかった。

私はすぐ「やられた」と思い、飲むのをやめた。既に時間も遅かったので、眠ることにした。これまでにも、お酒を飲むと決まって厄介なことをされていた。人間関係に失敗したと思うような経験も何度かある。酒は怖い。この日は本気でそう思った。

次の日は昼まで気分が沈み、しんどくて起き上がれなかった。目が覚めてから起きるまでの間、ずっと「誰のせいでもない。誰が悪いわけでもない。仕方のないことなのだ」と自分に言い聞かせていた。昼を過ぎてようやく私は立ち上がった。そしてパチンコへ出掛けた。行きの車の中で神は言った。

「酒は飲んでいい者と飲んではいけない者がいる。僧侶は酒を飲まないぞ。酒をやめろ」

私はその日からお酒を断った。私は、今回だけは自分の言動を謝らなかった。そして、お酒をやめるとは皆に言わなかった。

最終章　解放

無限を超越する神

第七章を書き終えた日の夜、私は仕事から帰り、眠ろうとした。しかし、その夜はなかなか眠りにつけない。辺りはシーンと静まり返っている。窓辺のカーテン越しに月灯りが入ってきていた。暗い部屋の中にかすかながら明るさを感じた。そのとき、神が言った。「俺がビッグバンで生まれたなんてことがあり得るか。俺は無限にこの世に存在する。元から存在していた。ビッグバンの前からいたのだ。元々意識だけが存在している。俺は科学であり、時間であり、宇宙である。俺が消滅すれば、この世には時間すら残らない。でも、俺が消滅することがあり得ると思うか。無限の命を持つ俺に終わりが訪れることがあると思うか。そもそも無限の力なのに、それを使い切ることができると思うか。もし使いきることができないのなら、当然俺は自ら消滅することはできないだろう。もしできないのなら、不死の肉体に興味を持ってもおかしくないいな」

私は少し怖くなった。確かに、自ら消滅することができないのなら、そんな神が、人間の肉体を持つ不死の存在をつくったとしてもおかしくはないだろう。私は勉強不足なため「無限」

というもの自体、あまり意味が分からない。どうしてそんなものが存在しているのか。宇宙は無限だと言うが、無限とは一体どんなものなのか。神が元々いたとはどういうことなのか。科学者にはその意味が理解できるかもしれないが、私は昔から理科の授業を全く聞いていなかった。生まれるということは、始まりがあるということだ。その尺度で考えると、どうしても「元から存在していた」という意味が理解できない。

神はこんな話もした。

「俺は、肉体に感情や心を宿らせることはできない。なぜなら、感情や心はそれ自体無限のものであるからだ。すなわち、それは神なのだ。俺がいくら神をつくっても、それは俺そのものであり、結合しうる。心は俺以外にない。お前の望む善の神などはありえない。神は無だ。善であったり悪であったりするわけがない。神の意識そのものなのだ。だから、人間は操られる存在でしかない」

私はその夜、三時頃にようやく眠りについた。だが半分起きていた。神が述べた「元から存在していた」、「消滅することはできない」といった言葉が不安となり、眠っている間もずっと頭の中を駆け巡るのだ。真夏だというのに肌寒い。心に風が吹いているようだった。

次の日、いつものようにパチンコへ行った。だが、昨日から続く不安と憂うつにさいなまれていた。許しがまだ下りていないような。神の返事を待たされているような。恐ろしい現実がこの世には秘められているような……。体に力が入らず、何もやる気が起きない。「明日は仕事場で、何もせずボーッとしているしかないな」と覚悟していた。

翌日、仕事へ出掛けた。思った通り、じっと座っているだけだ。昼の三時頃まで、ただ時間が経つのを待っていた。すると神が言った。

「無限は使いきることができる。俺は無限すら超越しているのだ。無限を超越しているからこそ、瞬間移動させることもできるのだ。俺は、自らを消滅させることができる。命あるものは皆、俺が分裂したものだと思えばいい。俺はいくつもの分身を持つことができる。それが人間だ。俺は人間を通してさまざまなことを体験しているのだ」

続けて、宇宙人についても話し出した。

私は、宇宙人に直接遭遇したことはない。だが、神は言った。「それは存在する。宇宙人ももちろん操られている。彼らは、人間にとって未知と言われる能力を現しているに過ぎない。宇宙人はＵＦＯに乗っているとか、あるいは地球型ＵＦＯが存在するとも言われている。俺自身は瞬間移動をする乗り物をつくることはできない。だが、宇宙人がつくったと言われているその乗り物はただの置き物に過ぎない。俺が自ら操り、瞬間移動させているのだ。瞬間移動は神にしかできない。だから、乗り物が操られることなく瞬間で移動するわけがない。無限を超越できて初めて瞬間移動ができるのだ。そうでなければ、ただ異常に速い乗り物でしかない。ただ、神の力を使っても過去や未来に移動することは不可能だ。存在するのは今だけである」

無限とはどういうものなのか。私には今一つよく分からない。「無限を使いきる」という言葉に至っては全く理解できなかった。無限なのにどうして使い切れるのだ。私は神に、「私ではなく、どうしてもっと頭の良い科学者を選ばなかったのか」と尋ねた。

「この世の仕組みや俺の力について、科学で解明させたいわけではない。お前でいいのだ」

神はそう答えた。続けて、神は「約束は守ってやる」と言ってくれた。私は、神の言う「無限を超越している」という力を理解することはできない。それでも、神が言ったことを素直に受け止めた。

神はさらに話を続けた。

「俺は永遠など全く苦にも思わない。意識は無限であり無だ。俺は存在しているが、意識を閉ざすことができる。人間で言えば、生きてはいるが死んでいるような状態だ。俺には我もなければ欲もない。お前の思っている、エゴだけなんてことはありえない。同様に、慈悲や愛なども持ち合わせていない。そんなものは俺がつくったものに過ぎない。愛も悲しみも善も悪も元より存在しないのだ」

私はまた訳が分からなくなった。神は、エゴもないのになぜ人間を苦しめるのか。なぜ試練を与えるのか。どうして無なのに人間に運命を背負わせようと思ったのか。だが、「我もなければ欲もない」という言葉を聞いて、この世に少し希望が持てたような気になった。

それまで、神はエゴの塊だと信じていた。エゴもないのに、私たちがこれほど苦悩するわけがないと思っていた。そうではなかったのだ。とはいえ、エゴがないということを心から理解できたわけではない。ただ、愛も結局は煩悩であるから、要するに神には全く煩悩がないのだ。そう理解することもできる。この世で唯一悟りを開いているもの、それが神なのだ。

里花の新しい彼

本の執筆が終盤を迎えた頃、里花が十一歳年上の男性と出会った。ハーフだった。写真を見たときは嫌な気がした。しかし、直接本人に会ってみると瞳の奥に誠実さを感じた。いつもの勘が働かない。もしかして二重人格なのか。そんな疑いを持ったが、話を聞いても特に気になる要素は見当たらない。育った家庭環境もごく普通のようだ。でも、やはり写真に映る彼は何か嫌な印象だ。

里花は男性にトラウマを持っている。私も、もう二度と里花を傷つけてほしくないと思っていた。人は出会いと別れを繰り返して成長していく。優しい人なら、もしうまくいかなくなって別れたとしても、それはそれでいい。だが、暴力を振るうような人だったら、里花はもう二度と人を好きにはなれないだろう。とりあえず、友人として二人で遊ぶ程度にした方がいいと思った。私たちは臆病になっていた。

里花は、その彼とたびたびカラオケに行ったり、居酒屋へ行ったりしていた。付き合いはじめて一カ月半ほどした頃、里花はアルバイトを辞めた。職場の友人二人が仲たがいし、その間に挟まれるのがしんどくなったとのことだ。今回の仕事は八カ月続いた。「もう少し頑張ってみれば」と励ましてみたが、神の決めたことからは逃れられない。だからバイトを辞める前に、一人のボーイフレンドを置いてくれたのだろう。私はそう理解した。

ただ、里花はいまだに彼に対して不安を抱いているようだった。「悪い人だったらどうしよう。もう傷つきたくない」と言って、私にどんな人なのか何度も訊いてきた。しかし、なぜか勘が働かない。そんなとき、神は言った。

「悪い奴であろうが、良い奴であろうが、俺の決めた通りにしかならない。それならば恐れるな、と里花に言え」

私はその言葉をすぐ里花に伝えた。どうやら神は、彼がどんな人なのかを私に分からなくしているようだ。ただ恐れず進めということなのだろう。確かに、そんなこと分かったところで道は変えられない。ならば恐れず道を進むしかない。そう思った。とはいえ、言葉で言うほど、行動するのは簡単ではない。私たちは生身の体を持った人間だ。覚悟していたとしても、やはり傷つきたくないものだ。それでも道は決まっている。その道しか歩めないのならば、そこを進んでいくしかないのだ。

神の声の出所

宏美とはしょっちゅう神の話をした。宏美は、この世の仕組みについてそれなりに理解を深めていた。

「神の声が聞こえるようになりたい？」

私は娘たちにそれぞれ訊いてみた。里花は「話ができるようになりたい」と答えた。だが宏美は、「平凡に生きたいから声は聞こえてほしくない」と言った。

ちょうどその次の夜、宏美が神の声を聞いたという。友人と二人でドライブをしていたとき、神は「どうしても駄目か」と言ったそうだ。声はそれきり聞こえなくなったが、翌朝宏美は、「そのときものすごく怖かった」と話してくれた。それ以後、二人で笑ったり、何かをしたりするときはいつも「神にやらされている」と言うようになった。

神は、よくテレビを使って私にジョークを飛ばしたり、言葉を伝えたりする。たとえば、神が私に死について話をしているとき、ある有名なお笑い芸人が一人の別のお笑い芸人に、「この先もまだまだ生きてもらいますよ」と言った。

ある人気のあるアニメを見ているときには、こんなことがあった。鳥が出てきて、その鳥が一人の男の子に宇宙のビッグニュースを教え、宇宙人たちがそれに怒ってその男の子を宇宙に連れていくという話だ。そのとき、そのアニメの主人公が「知らない方がいいこともあるんだね」というセリフを言っていた。また、私が本を書き始めると、サスペンスドラマで、作家が殺人事件を起こす話が頻繁に放映される。これも神からのメッセージなのだろう。

神は、鬼束ちひろさんの歌『月光』は、「お前のために作らせた」と言った。もちろん本人は知るはずもない。そういえば、私は昔から『月光』をよく聞いていた。その歌詞は、まるで私の心境を表しているようなのだ。

誰かにきついジョークを言われ、不安になることも時々あった。それでも、それは神のジョークだと思えた。

パチンコをすること

パチンコは、昔に比べるとよく出る日が増えた。それでも、ほとんどの日はマイナス思考で打つ。「また外されるだろう」と自分に言い聞かせながら。この頃には緊張感と慎重さを持ってパチンコに向かえるようになった。けじめを付けられるようになったのだ。私も、ようやく遊び方が分かったような気がする。

パチンコをしていて一つ思ったことがある。それは、ギャンブルは負けた日のことを忘れない方がいいということだ。それが慎重さとけじめを生む。これに気付いてからあまり深追いしなくなった。もしあなたがギャンブル依存性なら、負けたこと、お金をすべて失ったときに起こったことを、決して忘れない方がいい。恐れていれば、いつか神が悟らせてくれるだろう。ギャンブルにはまる人の多くは、勝てるように思わされる。そして失敗する。やはり、ギャンブルをするときはマイナス思考がいいのだ。

本の中で、「私はパチンコのプロになった」と書いてみたかった。だが、負ける日も多い。とはいえ、一カ月のトータルでは以前より負けがかなり少なくなっている。勝っている月も多くなった。もっとも、ギャンブルはやらない方が賢明であることは確かだ。できることならギャンブルはしない方がいい。それが私の答えだ。パチンコをやることは、大きな意味があるといえるほどのものではない。ギャンブルこそ、まさに神の一存による最たるものだといえる。だからこそ、私はずっとパチンコをやらされているのだろう。もっとも、やるかやらないかは神の意志によって既に決まっている。

ギャンブルでは夢を見ないことが大切だ。神の許しがなければ決して勝てないのだから。潔く諦め、深追いしないこと。そう悟るまでに多くの辛酸をなめてきた。今は、お金が欲しいから行っているわけではない。毎日行くことで、人にお金を借りずに済んでいるのだから、それだけで十分だろう。もうここ一年は、所持金が底をついたことはない。子どもたちや孫、夫に、自分の小遣いでプレゼントを買ってあげることもできる。外食に連れていけるようにもなった。ここに至るまでは、本当に長い長い道のりだった。

私は、保険金以外のお金を残して死ぬつもりはない。今更一生懸命節約して、貯金を残そうとは思わない。今は、夫が支えてくれている家計を、私の収入で少し補いながら何とかやり繰りしている。これくらいでいいのではないだろうか。

皆の記憶に刻まれるために

本の執筆はそれなりに順調に進んだ。半分以上を書き終えたが、私はパソコンができない。

データの入力は娘たちに頼むことにした。半分でもかなりの文字数がある。それらの入力をすべて終えるまでには少々時間がかかった。それでも、旅行に行く日の朝、五章まで入力が終わった。とりあえず全体の半分ではあるが、そのデータを編集業者に送った。神は、「今回の旅行は、業者に送るところまでたどり着けた祝いだ」と言った。

旅行に行く二日前、神と宇宙人について話をした。その次の日、パチンコを打っていると、二千円で「宇宙人のプレミアム保留玉」を出してくれた。生まれて初めてだ。そのおかげで得られた金額は八万円。お金は旅行の小遣いに使うことができた。

旅先で、私はお酒を一滴も飲まなかった。皆は「どうして飲まないのか」と訊いてきたが、私には宏美を怒らせてしまったときの苦い記憶がある。あの日以来、私は本当にお酒は怖いと思わせてもらっている。

久しぶりに出掛けた旅行はとても楽しかった。遊園地へ行ったり、植物園へ行ったり、おいしい料理を食べたり、温泉宿に泊まったり……。ゆったりと過ごすことができたが、そんな時間はあっという間に過ぎていった。ただ、私は遊園地に行きたかったわけでもなければ、おいしい料理が食べたかったわけでもない。皆とともに旅行に出掛け、その思い出を皆の心の中に記憶として残しておきたかったのだ。あのときの私はこうだった、このときの私はこうだったと。

私はまもなく、そんな思い出も何も分からなくなるだろう。この世は本当にはかない。皆そうやって誰かの心に思い出を刻みながら生きているのだ。食べればなくなってしまうのに夕食を作り、すぐに汚れるのに掃除をする。毎日同じことの繰り返しだ。若い頃、そうすることについて、「なんて意味のないことをしているのだろう」と思ったこともある。だがそれが人生なのだ。大して意味のないことを、無心でただ毎日繰り返す。でもそれが大切なことなのだろう。

私が四十七歳になったとき、何もかもなくなる。私はこの世からいなくなるのだ。もう家族にも会えない。それでも私は、神が決めたときに死ぬことに対して覚悟はできている。それで良いのだと思っている。とはいえ、心の中の半分は悲しい思いで満たされている。

神は言った。

「お前は俺の娘だから宇宙に帰ってこい。何も怖がらなくていい。人は死ねば神になるという。肉体がなくなれば、神の力だけが残る。すべては一体化する。死後は誰もが一つの無なる神になる。お前はお前ではなくなるが、人生の記録だけは永遠に残るのだ」

神は万人の人生を記録している。永遠に失うことはない。知っている人もいるだろうが、宇宙にはアカシャ記録（アカシックレコード）と呼ばれるものがあるという。そこには人々の人生のすべてが記録されている。それこそが神なのだろう。人間は、肉体だけを持つ無なる者だ。そこに神の力が入り、生かされている。だから、肉体がなくなれば神の力と記録だけが残るのだ。

頭では分かっているつもりだ。でもやはり、「自分」が死ぬと思ってしまう。死んでしまえば、家族が幸せでいる姿も見ることができない。孫を見てかわいいと思うこともできない。だが、死ぬのは出産と同じことだ。怖いと思っても、皆がやってきたことだからできるのだ。死というものは、ずっと昔から皆がしてきたことなのだ。だから私にもできる。そう言い聞かせた。神はもう一度言った。

「俺のところへ帰っておいで」

神と交わした約束

本を書き始める前から、神が私に約束してくれたことがある。一つ目が、私の死後、子どもたちが私の保険金で喫茶店を持つということ。人に癒やしを与えられる空間という、私が昔夢に描いていた店だ。そこで悩んでいる人たちを相手に、タロットカードを使って励ますとともに、道標になれるような仕事をするのだ。二つ目が、夫がお金に困ることなく、人生を楽しみながら全うするということ。三つ目が姑の目を治すこと。四つ目が、私の母を私の死後、解放すること。母は、夫に続いて子どもまで失くしてしまうことになる。長生きすることよりも、脚の痛みをなくし、お金の心配をすることなく安らかな余生を送ってほしい。

それらの願いを、神は「叶えてやろう」と言ってくれた。このことを子どもたちに話したが、二人ともあまり期待はしていないようだ。もしかしたら、未来の約束は私の死と交換条件になっているので、それを喜んではいけないと思ってくれているのかもしれない。

かつての私は、子どもたちをうらやむこともあった。子どもたちは、さほど苦労もせず未来を約束されているのかと。自分は犠牲者だと思ったことも正直ある。だが、もうそれでいいのだ。物質などでは幸せにはなれない。この世は、はかなく無情である。私はそのことを思い知ったのだ。もう余分なお金はいらない。自由になりたい。何者にも縛られず、神に起こされることなく、ただ安らかに眠りたい。私は無になりたいのだ。

この世に全く未練がないかと言うと嘘になる。ただ、私は生まれてきたことに一度も後悔したことはない。激しく脅迫されていたときでさえ、生まれてきたことを後悔させられたことはなかった。

母からは、よく「産んであげたのに」と言われた。そんなとき、心の中で「私は子どもに『産んであげたのに』とは決して言わないようにしよう」と心に誓ったものだ。子どもは、「産んでくれ」と頼んで生まれてくるわけではない。親が産むことを決めさせられるのだ。そもそも、「産んであげたのに」などと恩を着せるほど、親は子どもを幸せにすることができるのか。生まれてくることは子どもの運命だ。恩を着せるものではない。成長の過程でさまざまな苦労もするだろうが、子ども自身が生まれてきたことを喜び、産んでもらったことに感謝できれば、それだけで幸せだ。

人は謙虚であるべきだとも思う。「育ててあげたのだから、老後は面倒をみて当たり前だ」

と、私は思わない。すべては相手の思いであり、「当たり前」ということではない。それを言うならば、親が子どもを育てることは「当たり前」ではないのか。自分たちの意志で産んだのだから、それこそが「責任」だ。だがそれも二十歳まで、と神は決めている。あとは親の勝手である。産んだことの責任は子どもが二十歳になった時点で解かれる。法律は神が決めたものだ。それでも親が子どもを愛することや、責任を果たすことを、子どもは当たり前だとは思わない方がいい。子どもを見ない親はたくさんいる。すべては神の一存だ。この世に当たり前なんてないということだ。

神の意志に従って

里花は、相変わらず私をなめたような言葉遣いをする。アルバイトも辞めてしまった。換金所のアルバイトをたまに代わってくれないかと言っても、「自分の仕事でしょ」と言う。自分から猫を飼うと言い出したのに、世話をほとんどしない。家事も、こちらが言うまで手伝わない。

宏美は宏美で、仕事ができない。しょっちゅう遊びに出掛け、子守りをよく人に頼る。育児に疲れているのだろうが、つまらないことでヒステリックになる。

神は私に、「お前もそろそろ終盤だ」と言うが、死ぬまで現実はこうなのか、と思わずにはいられない。そんな中でふと思ったことがある。神は人間に「煩悩を捨てろ」と言っている。

もちろん多くの煩悩をつくったのは神だ。肉体を持っている限り、すべての煩悩を消し去ることはできない。だが神は、人間に煩悩をつくり、多くの試練とともに少しずつ捨てさせているのではないか。人間は、一つ一つ煩悩を捨てるために生きているのではないか。

結局、現実が思うようにならないのは、周りの人が悪いわけではない。自分に雑念や煩悩があるせいなのだ。神は、それを私に教えてくれた。周りの人が変わらないことを責めてはいけない。すべては苦に感じる自分の責任だ。煩悩は、そう簡単に消してもらえるものではない。そんな神の意志が分かったような気がした。

私が本を書くことは、決してお金が目的ではない。私には神の声が聞こえる。だからといって、それで大きな何かを得たというわけではない。奇跡を起こすこともできない。苦しんでいる人を助けることもできない。ただ、この本を通して多くの人に神の意志を知ってもらい、真の信仰心を持ってもらい、強く生きていってもらえることができたなら、私の一生も大きな意義を持つと心から思っている。読んだ人すべての心に響くことはなくても、この本を読んで人生を諦めないことを決心する人が少しでもいたら、それが私の生きた証しとなる。

私はこれまでの人生で何度か絶望したことがある。だがそんなとき、神は一筋の光を照らしてくれた。じっと辛抱強く待っていれば、必ずその光を見ることができる。自分の我と欲を根気強く諭し、おとなしく待っていれば、神はその光を示すだろう。私はそう信じている。

私には、本を世に出すことの他に、もう一つ夢がある。私が死ぬことと引き換えに、誰かの命が救われることだ。たった一人でいい、私が存在していなければ助けられなかった命があってほしい。そこで恩など感じてもらわなくていい。それも神が決めたことなのだから。ただ一度だけ、本当に人を助けてから死にたい。もしそういうことが本当に起きたら、私にそう思わせているのも神なのだから、それも含めて私の使命だといえる。

私がしっかりと最期を迎えられたら、私の人生が決して呪われてなどいなかったことが明らかになる。これまでに多くの失敗を重ね、何度も後悔し、反省もしてきた。そして私は、その都度真剣に生きてきた。この道を歩んできたことに後悔はしていない。生まれてきたことにも死んでいくことにも悔いはない。

私が文章を書くと、どうも説法のようになりがちだ。だが、間違いなくこの本は神の意志に従って、私が操られて書いている。そして、この本を読んでいるあなたも、間違いなく神に導かれこの本と出会っている。信じるか信じないかは、あなたを通して神が決める。いずれにせよ、確かに神は実在するし、ここに書かれていることはすべてが事実である。

繰り返すが、この本を手に取って読んだあなたは、必然的にこの本に出会っている。それは決して間違いない。神が何らかの意志を持ち、この本と出会わせたのだ。

この本と出会った人だけでなく、縁のなかった人にも、多くの神の許しがあることを祈ってやまない。

霧島　香（きりしま　かおり）
京都府在住。現在アルバイトのかたわら、執筆活動中。

I am God child
神から教えられたこの世の真実

2017年2月1日　初版発行

著　者　霧島　香
発行者　中田典昭
発行所　東京図書出版
発売元　株式会社 リフレ出版
〒113-0021　東京都文京区本駒込 3-10-4
電話（03）3823-9171　FAX 0120-41-8080
印　刷　株式会社 ブレイン

ISBN978-4-86641-027-2 C0093
Printed in Japan 2017
落丁・乱丁はお取替えいたします。

ご意見、ご感想をお寄せ下さい。
［宛先］〒113-0021　東京都文京区本駒込 3-10-4
東京図書出版